अम्मा

[उपन्यास]

अम्मा

कमलेश्वर

राजकमल प्रकाशन

ISBN : 978-81-267-1196-3

मूल्य : ₹495

पहला संस्करण : 2006
तीसरा संस्करण : 2024

प्रकाशक : राजकमल प्रकाशन प्रा.लि.
1-बी, नेताजी सुभाष मार्ग, दरियागंज
नई दिल्ली-110 002
शाखाएँ : अशोक राजपथ, साइंस कॉलेज के सामने, पटना-800 006
पहली मंजिल, दरबारी बिल्डिंग, महात्मा गांधी मार्ग, प्रयागराज-211 001
1, अनमोल सोराबजी संतुक लेन, धोबी तलाव, मरीन लाइंस, मुम्बई-400 002
वेबसाइट : www.rajkamalprakashan.com
ई-मेल : info@rajkamalprakashan.com

मुद्रक : बी.के. ऑफसेट
नवीन शाहदरा, दिल्ली-110 032

AMMA
Novel by Kamleshwar

अम्मा : कुछ शब्द

यह सिने-उपन्यास है। इसकी रचना की प्रक्रिया और प्रयोजन उन उपन्यासों से एकदम अलग है जो मैंने अपनी अनुभवजन्य संवेदना के तहत लिखे हैं। अतः यह कहने में मुझे संकोच नहीं है कि यह उपन्यास मेरे आन्तरिक अनुभव और सामाजिक सरोकारों से नहीं जन्मा है और इसका प्रयोजन और सरोकार भी अलग है। इसे लिखने का ढब और तरीका भी दूसरा है। इसकी सामाजिकता सिने-माध्यम की आवश्यकता तक सीमित है, लेकिन वह ग़ैर-ज़रूरी नहीं है। वह सिने-माध्यम तक सीमित ज़रूर है पर बाधित नहीं है।

हिन्दी फ़िल्मों की दुनिया हमारी लोक-संस्कृति की नई दुनिया है। पूरी तरह से यह मात्र मनोरंजन और व्यावसायिक सरोकारों की प्रदर्शन-केन्द्रित मायावी दुनिया ही नहीं है, यह अपने समय के मनुष्य के दुःख-सुख, घटनाओं-परिघटनाओं के सार्थक प्रस्तुतीकरण के साथ ही प्रश्नों और सपनों का संसार भी है। अक्षर ज्ञान से रिक्त दर्शक के लिए इसे प्रस्तुत करने में रचनात्मक श्रम की बेहद ज़रूरत पड़ती है।

यह उपन्यास साहित्य के स्थायी या परिवर्तनशील रचना विधान और शास्त्र की परिधि में नहीं समाएगा क्योंकि यह सिने-शास्त्र के अधीन लिखा गया है। यह फ़िल्म के तकनीकी रचना विधान की ज़रूरतों को पूरा करता है जिस पर फ़िल्मी पटकथा आश्रित रहती है। यह सिने-कथा भी ऐसे ही लिखी गई। भारतीय भाषाओं और हिन्दी की बहुत-सी फ़िल्में अपने दौर के कालजयी साहित्यिक उपन्यासों पर आधारित रही हैं, लेकिन जब फ़िल्मों ने नितांत अपना स्वतन्त्र कथा-संसार बनाया तो उसके लिए उपन्यास और कथा-विधा का सहारा लिया जाना ज़रूरी हुआ, उसी का परिणाम है यह

सिने-उपन्यास !

तो यह *अम्मा* उपन्यास भी मूलतः फ़िल्म के लिए ही लिखा गया। इसके निर्माता-निर्देशक कृष्ण शाह थे, जो अमेरिका में रहते हुए अंग्रेजी फ़िल्में बनाते हैं।

इस फ़िल्म की मुख्य भूमिका राखी ने निभाई थी। अन्य महत्त्वपूर्ण भूमिकाओं में मिथुन चक्रवर्ती, सुरेश ओबराय, अमोल पालेकर आदि थे।

फ़िल्म और मीडिया लेखन का बहुत बड़ा क्षेत्र आज के नए लेखकों के सामने मौजूद है। यह सिने-उपन्यास पढ़ने के लिए तो है ही, यह फ़िल्म-लेखन की विधा को समझने-समझाने में भी सहायक हो सकता है। इन्हीं शब्दों के साथ यह नए पाठकों और फ़िल्म-विधा के लेखन में शामिल होने के इच्छुक नए लेखकों को समर्पित है !

—कमलेश्वर

5/116, इरोज गार्डन, सूरज कुंड रोड
दिल्ली-फरीदाबाद बार्डर
नई दिल्ली-110044

अम्मा

पावन गोदावरी नदी के किनारे बसे नासिक नगर की रेलवे कॉलोनी में आज बड़ी धूमधाम थी। नासिक रेलवे स्टेशन के असिस्टेंट स्टेशन मास्टर की बेटी शान्ता की आज शादी होनेवाली थी। कॉलोनी में रहनेवालों ने बारात के लिए जगह-जगह स्वागत-द्वार बनाए थे। उन्हें बड़ी खूबसूरती से केले, आम के पत्तों से सजाया गया था। कॉलोनी के इस छोर से लेकर उस छोर तक रंग-बिरंगे कागजों की झंडियाँ लगाकर वातावरण को और भी सुन्दर बना दिया था।

बहुत ही सज्जन और मिलनसार आदमी थे असिस्टेंट स्टेशन मास्टर। इसलिए रेलवे कॉलोनी में रहनेवाले हर व्यक्ति में ऐसा उत्साह और उछाह था जैसे उसकी अपनी बेटी की ही शादी हो।

ए.एस.एम. बाबू का घर मेहमानों और अड़ोस-पड़ोस की औरतों से भरा हुआ था। शान्ता शादी के कपड़े पहने एक कमरे में बैठी थी। शादी के मौके पर होनेवाली रस्म-रिवाजों को पूरा करते-करते वह थक गई थी। आज भाँवरें पड़ने तक उसे आधी रात तक जागना भी था। इसलिए दादी माँ ने उसे आराम करने की सलाह देकर इस कमरे में लिटा दिया था और बाहर से दरवाजा बन्द करके घर में मौजूद सभी औरतों को सख्त हिदायत दी थी कि शान्ता के आराम में कोई खलल न डाले।

'आज मेरी शादी हो जाएगी और मैं एक अनजाने व्यक्ति के पल्लू से बँधकर एक अजनबी शहर के एक पराए घर में चली जाऊँगी। उस घर के सभी लोग अपरिचित होंगे, अनजाना वातावरण होगा। मैं किस तरह रह पाऊँगी उस पराए घर और घर के अनजाने लोगों के बीच...' बिस्तर पर लेटी शारदा मन ही मन अपने आप से पूछ रही थी।

अपनी शादी के बारे में सोचते-सोचते शान्ता अपने बचपन से लेकर आज तक की यादों की भीड़ में न जाने कहाँ गुम हो गई।

अपने अतीत की यादों को दोहराते हुए बचपन की एक घटना उसकी आँखों के आगे साकार हो उठी। उस समय शान्ता की उम्र केवल सात वर्ष थी और उसके पड़ोस में रहनेवाले सलीम की उम्र लगभग दस वर्ष थी। रेलवे कॉलोनी के अन्य बच्चों के साथ शान्ता और सलीम बचपन से ही खेलते चले आए थे।

शान्ता के पिता असिस्टेंट स्टेशन मास्टर थे। इसलिए उन्हें काफी बड़ा क्वार्टर मिला था और उनके क्वार्टर के सामने बड़ा-सा लॉन था, जिसे मेहँदी की झाड़ियों से घेर दिया गया था। लॉन में मेहँदी की झाड़ियों के किनारे-किनारे रंग-बिरंगे फूलदार पौधे लगे हुए थे। इंगलिश फूलों और खुशबू बिखेरती मेहँदी की झाड़ियों से घिरा हरी घासवाला यह मैदान सुबह से शाम तक बच्चों से भरा रहता था। वे तरह-तरह के खेल खेलते रहते थे।

शान्ता की माँ ने उसके लिए एक बहुत ही सुन्दर गुड़िया बना दी थी। उसकी गुड़िया को देखकर, अपनी अम्मी से जिद करके सलीम ने एक गुड्डा बनवा लिया था। और उस दिन शान्ता की गुड़िया और सलीम के गुड्डे की शादी थी।

कॉलोनी भर के बच्चे लॉन में जमा हो गए थे। कुछ बच्चे अपनी बाँसुरी, पिपहरी, भोंपू, ढोलक जैसे खिलौने ले आए थे और दूल्हे के वेश में सजे-धजे सलीम के गुड्डे के आगे-आगे उन्हें बजाते हुए चल रहे थे। ठीक उसी तरह जिस तरह बारात में बाजे बजानेवाले दूल्हे की घोड़ी के आगे-आगे चलते हैं।

सलीम ने अपने अब्बा की शेरवानी पहन ली थी, जिसने उसकी टाँगों तक को ढक लिया था। सिर पर अब्बा की ही फैज कैप लगा ली थी और अपने गुड्डे को दोनों हाथों से पकड़कर लॉन पर चलता हुआ, बाजेवालों के पीछे-पीछे उस कोने की ओर बढ़ रहा था जहाँ शान्ता ने अपनी गुड़िया का घर बना रखा था। कॉलोनी के सभी लड़के बारातियों के वेश में सलीम के गुड्डे के साथ चल रहे थे और कॉलोनी की तमाम लड़कियाँ शान्ता के साथ इकट्ठी होकर बारात के स्वागत के लिए तैयार खड़ी थीं। उनमें से कई एक के पास खिलौनेवाली छोटी-छोटी ढोलकें थीं। वे उन ढोलकों को

बजा रही थीं और शादी के मौके पर अपने-अपने घरों में गाए जानेवाले गीत गा रही थीं।

शान्ता बारात के स्वागत के लिए घर के दरवाजे पर खड़ी थी।

बारात दरवाजे पर पहुँची तो बड़ी हँसी-खुशी के साथ उसका स्वागत किया गया। एक लड़की ने पंडित बनकर गुड्डे-गुड़िया की भाँवरें डलवाईं...! शान्ता ने माँ से कहकर अपनी गुड़िया की शादी के लिए खाने की कुछ चीज़ें बनवा ली थीं। बारातियों के साथ-साथ शान्ता की सहेलियों ने भी मिल-बाँटकर उन चीजों को खाया और इस तरह बारात को शानदार दावत दे दी गई।

इसके बाद! गुड़िया को गुड्डे के साथ विदा कर दिया गया।

हालाँकि यह केवल गुड्डे-गुड़िया का खेल था लेकिन न जाने क्यों शान्ता और सलीम को यह महसूस होता रहा कि गुड्डे-गुड़िया के रूप में उन दोनों की शादी हो रही है—वे दोनों गुड्डे-गुड़िया को हाथ में लिये हवन-कुंड के चारों ओर इस तरह फेरे लगा रहे हैं जैसे उनके गुड्डे और गुड़िया नहीं बल्कि वे दोनों ही सात फेरे लगा रहे हैं—जैसे उन्हीं की शादी हो रही हो।

और शादी होने का यह अहसास मासूम शान्ता और सलीम के नन्हे से भोले-भाले मन में इतनी गहराई तक बैठ गया था कि वे आमने-सामने पड़ते तो दोनों इस तरह शरमा जाते, जिस तरह नई-नई शादी होनेवाले दूल्हा-दुल्हन शरमा जाते हैं।

और आज शान्ता सचमुच दुल्हन बनी थी। उसका विवाह होनेवाला था। आज वह सचमुच ही अपने दूल्हे के साथ अग्नि के सात फेरे लगानेवाली थी। सबकुछ वैसा ही हो रहा था और होनेवाला था जैसा शान्ता की गुड़िया और सलीम के गुड्डे की शादी के मौके पर हुआ था। उस वक्त शान्ता को ऐसा लगा था कि वह सलीम के साथ अग्नि-कुंड के फेरे लगा रही है लेकिन आज उसे प्रवीन के साथ फेरे लगाने थे—प्रवीन उसका भावी पति—जिसे उसने अभी तक देखा भी नहीं था। पता नहीं कैसा होगा ?...सलीम जैसा या इससे सुन्दर !

तभी दरवाजे पर बाजों की आवाजें गूँज उठीं। घर की स्त्रियाँ दौड़ती

हुई कमरे में आईं और शान्ता को सजा-सँवारकर कमरे से बाहर ले गईं।

दूल्हे के दरवाजे पर आते ही पहले माँ ने प्रवीन की आरती उतारी और फिर शान्ता ने फूलों का एक खूबसूरत हार उसके गले में डाल दिया। प्रवीन ने भी उसे माला पहनाई।

❑

रेलवे कॉलोनी के लोग बड़े उल्लास से बारातियों का स्वागत-सत्कार कर रहे थे। उन्हें खिला-पिला रहे थे लेकिन सलीम दोनों बाजुओं को एक दूसरे में लपेटे एक ओर खड़ा था। आज वह तेईस वर्ष का युवक था। शिक्षित और शालीन...आज भी उसके बदन पर वैसी ही शेरवानी थी। वैसी ही फैज कैप थी लेकिन उसके चेहरे पर वह खुशी नहीं थी, आँखों में वह चमक नहीं थी, मन में वह उल्लास नहीं था जो आज से लगभग तेरह वर्ष पहले गुड्डे और गुड़िया के विवाह के समय था। उसके चेहरे पर उदासी थी, आँखें बुझी-बुझी और थकी-थकी दिखाई दे रही थीं जैसे उसे किसी ने अचानक ही उस समय जगा दिया हो जब वह एक सुन्दर सपना देख रहा था। वह सुन्दर सपना अधूरा रह गया था। और सपने के इस अधूरेपन ने उसके तन-मन में एक अजीब-सी शिथिलता भरा अवसाद भर दिया था। अजीब-सी उदासी और अजीब-सी खामोशी।

ट्रे में शर्बत के गिलास लिये कॉलोनी के ही एक लड़के ने सलीम की ओर ट्रे बढ़ाते हुए कहा, ''सलीम भाई लीजिए शर्बत पीजिए...आप इस तरह कटे-कटे और चुपचाप से क्यों खड़े हैं !''

''शुक्रिया दोस्त, दरअसल शर्बत पीने का मन नहीं हो रहा।'' सलीम ने मुस्कुराने की नाकाम कोशिश करते हुए कहा।

❑

शुभ मुहूर्त में शान्ता और प्रवीन को पंडितों ने वेद मन्त्रों और अग्नि को साक्षी बनाकर एक सूत्र में बाँध दिया।

"बाबू कुन्दनलाल़जी, अब शान्ता आज से आपकी बेटी हो गई। हम जैसा होना चाहिए था आपका वैसा स्वागत-सत्कार नहीं कर पाए। जो भी भूल-चूक हो गई हो क्षमा कर दीजिएगा !" शान्ता के पिता ने प्रवीन के पिता से हाथ जोड़कर प्रार्थना की।

प्रवीन के पिता ने उनके दोनों हाथ थाम लिए और खुशी से छलछलाती आवाज़ में बोले, "कैसी बातें करते हैं श्यामसुन्दरजी। शान्ता बेटी आपने हमें दे दी तो हम समझते हैं कि आपने अपना सबकुछ हमें अर्पित कर दिया। शान्ता बेटी से बढ़कर आपके पास और था भी क्या ? मुझे सबकुछ मिल गया श्यामसुन्दरजी...सबकुछ मिल गया।"

प्रवीन के पिता बाबू कुन्दनलाल ने शान्ता के पिता बाबू श्यामसुन्दर को अपनी बाँहों में भरकर छाती से लगा लिया।

"आज से शान्ता आपकी हुई बाबूजी, आज मैं बहुत बड़े कर्तव्य से मुक्त हो गया !" बाबू श्यामसुन्दर की आवाज भर्रा उठी थी।

"आप ठीक कह रहे हैं भाई साहब," एक बाराती बोल उठा, "लड़की का विवाह पिता पर सबसे बड़ा कर्ज होता है। भगवान की कृपा से आप इस कर्ज से मुक्त हो गए। इससे बड़ी खुशी की बात और क्या हो सकती है !"

❐

डोली आकर दरवाज़े पर लगी ही थी कि अचानक फायर की आवाज के साथ ही दौड़ते हुए भारी बूटों की आवाजें चारों ओर गूँज उठी। लोग भयभीत होकर उस ओर देखने लगे जिस ओर से फायर और भारी बूटों की आवाजें करीब आती जा रही थीं।

"न-वी-न !" अंग्रेज सार्जेंट टाम की भारी-भरकम रौबीली आवाज गूँज उठी और फिर वह दौड़ता हुआ वहाँ पहुँच गया जहाँ दूल्हा प्रवीन, उसके और शान्ता के पिता अन्य लोगों के साथ खड़े थे।

"कहाँ है नवीन !" सार्जेंट टाम ने कड़ककर प्रवीन से पूछा, "टुम उसका भाई है...वह टुमारा शादी में जरूर आया होगा।"

“नहीं, नवीन यहाँ नहीं है,” प्रवीन ने साहस करके कहा, “महीनों बीत गए हमने उसकी शक्ल तक नहीं देखी।”

सार्जेंट टाम ने क्रोध से तिलमिलाकर अपने रिवाल्वर की नाल प्रवीन के सीने पर टिका दी और गुर्रा उठा, “झूठ बोलटा है ! हम तुम्हें गोली से उड़ा देगा ! बता...कहाँ है नवीन ?”

सभी लोग कहने लगे कि नवीन वहाँ नहीं है। वह अपने बड़े भाई की बारात में नहीं आया है।

टाम ने कड़ककर कहा और अपने सिपाहियों को हुक्म दिया, “हमारे जवानों ने इस घर और पूरे इलाक़े को घेर रखा है। नवीन यहाँ से निकलकर भाग नहीं सकता। सिपाहियो, घर का कोना-कोना छान मारो—ऐसा हो ही नहीं सकता कि छोटा भाई बड़े भाई की शादी में शामिल न हो...नवीन जरूर आया होगा...तलाश करो...पूरा घर छान डालो...आज मैं उसे जिन्दा या मुर्दा लेकर ही वापस लौटूँगा।”

सिपाही अपनी-अपनी राइफल ताने बाबू श्यामसुन्दर के घर में घुस गए और तलाशी लेने लगे।

दुल्हन के वेश में खड़ी शान्ता थर-थर काँप रही थी। उसकी सात-आठ वर्ष की ननद मंजू भय से काँपकर उसकी टाँगों से लिपट गई और फिर नीचे बैठ गई।

सिपाहियों ने सारा घर खँगाल डाला लेकिन नवीन जब वहाँ था ही नहीं, तो मिलता कहाँ से।

“तुम नवीन का बाप हाय ?” सार्जेंट टाम ने बाबू कुन्दनलाल के सीने पर रिवाल्वर की नाल टिका दी, “टुमारा बेटा नवीन अंग्रेज सरकार का दुश्मन हाय—बागी हाय ! बागियों का लीडर हाय ! बटाओ कहाँ हाय वो, वरना हम इसी वक्त टुम सबको गोलियों से भून डालेगा।”

सार्जेंट टाम का क्रोध बढ़ता जा रहा था। वह बड़े यकीन के साथ यहाँ आया था कि आज बागियों के लीडर नवीन को या तो गिरफ्तार करके जिन्दा ले जाएगा या फिर उसकी लाश लेकर जाएगा। और नवीन को गिरफ्तार करके या उसे मौत के घाट उतार देने के बाद उसका प्रमोशन हो जाएगा।

लेकिन बदनसीब टाम की यह साध पूरी नहीं हुई। उसे लगा जैसे उसका मनचाहा शिकार उसके हाथों में आकर निकल गया हो।

अपनी नाकामयाबी पर झल्लाकर उसने अपना रिवाल्वर होल्सटर में रख लिया और अपने जवानों को वापस चलने का आदेश देकर उस ओर चल दिया, जहाँ उसकी गाड़ी खड़ी थी।

सार्जेंट टाम और सिपाही जब गाड़ियों में सवार होकर आँखों से ओझल हो गए तो सब लोगों के जी में जी आया। उन्होंने इस तरह इत्मीनान की साँस ली जैसे मौत ने अपने खूनी पंजों में जकड़ी उनकी गर्दनों को बिना हील-हुज्जत के छोड़ दिया हो।

"बाबू कुन्दनलालजी, अब यहाँ से चलिए। क्या पता वह गोरा साहब फिर लौट आए और हम लोग फिर मुसीबत में पड़ जाएँ !" एक बाराती ने भयभीत स्वर में कहा।

बाबू कुन्दनलाल ने शान्ता के पिता बाबू श्यामसुन्दर से विदा ली और सब लोगों को साथ लेकर स्टेशन पर खड़ी ट्रेन में आ बैठे।

एक सीट के आगे चादर बाँध दी गई और उस पर्दे में शान्ता को अपनी ननद मंजू के साथ बैठा दिया गया।

❒

ट्रेन स्टार्ट होकर धीरे-धीरे रेंग रही थी कि तभी छोटी-सी गठरी लिये एक औरत जल्दी से ट्रेन में चढ़ आई। उसने बुर्का पहन रखा था। अपनी गठरी लेकर वह कम्पार्टमेंट के एक कोने में जा बैठी।

कुछ देर बाद बाबू कुन्दनलाल ने ससुराल से आया खाना निकाला और बाराती खाना खाने लगे। उन्होंने एक पत्तल पर पूड़ी-सब्जी रखकर चादर से बने पर्दे के पीछे बैठी शान्ता और मंजू के लिए भी भिजवा दी।

वह बारात में आए मेहमानों को खाना परोस रहे थे कि उनकी नजर कोने में बैठी बुर्कापोश औरत पर पड़ी। पूरे कम्पार्टमेंट में बाराती भरे हुए थे। वे आपस में हँसी-मजाक भी कर रहे थे।

बाबू कुन्दनलाल ने उस औरत के पास जाकर कहा, "आप उधर पर्दे

में जा बैठिए। वहाँ मेरी बहू और बेटी बैठी हुई हैं। इतने मर्दों के बीच आपको अकेले बैठने में परेशानी हो रही होगी।''

बुर्कापोश औरत ने बाबू कुन्दनलाल की सलाह मान ली और अपनी गठरी उठाकर पर्दे के पीछे शान्ता और मंजू के पास जा बैठी।

❑

कुछ देर बाद ट्रेन एक स्टेशन पर पहुँचकर रुकी ही थी कि उसे सिपाहियों ने फिर अपने घेरे में ले लिया। सार्जेंट टाम हाथ में रिवाल्वर लिये उनका नेतृत्व कर रहा था।

सार्जेंट टाम ने अपना रिवाल्वर लहराते हुए अपने जवानों को कड़ककर हुक्म दिया, ''एक-एक डिब्बे की तलाशी लो। हमारे मुखबिरों ने खबर दी है कि बागी नवीन नासिक स्टेशन से इस ट्रेन में सवार हुआ है। उसे वहाँ प्लेटफार्म पर देखा गया था। सिपाहियों ने उसका पीछा किया तो वह उनकी आँखों में धूल झोंककर न जाने किधर गायब हो गया।''

सार्जेंट टाम का आदेश पाते ही पुलिस के जवानों ने पहले ट्रेन से उतरनेवाले एक-एक यात्री की अच्छी तरह जाँच-पड़ताल की और फिर डिब्बे में घुस गए।

ट्रेन एक घंटे तक प्लेटफार्म पर खड़ी रही। इस एक घंटे में सिपाहियों ने ट्रेन का एक-एक डिब्बा छान डाला। प्लेटफार्म पर मौजूद एक-एक आदमी को अच्छी तरह देखा लेकिन उन्हें नवीन नहीं दिखाई दिया।

इस दूसरी असफलता ने टाम के क्रोध को और भी भड़का दिया। अपने सिपाहियों को गालियाँ बकते हुए वहाँ से चल पड़ा।

सार्जेंट टाम और उसके सिपाहियों के जाने के बाद ट्रेन स्टार्ट होकर आगे बढ़ने लगी।

''बाबू कुन्दनलालजी, आपके छोटे बेटे नवीन ने अपनी करतूतों से आपके पूरे खानदान की जिन्दगी संकट में डाल दी है। जिन अंग्रेजों के राज में सूरज कभी छिपता, वहीं नवीन मुट्ठी-भर सिरफिरे छोकरों की मदद से उस अंग्रेजी राज का तख्ता पलट देना चाहता है !'' मुंशी गिरधारीलाल ने

खाते-खाते कहा।

"बाबूजी, आप नवीन को समझाएँ कि वह अंग्रेज सरकार से वैर-विरोध छोड़ दे और शरीफ आदमियों की जिन्दगी बसर करे। आप अपने शहर के इज्जतदार और सम्मानित आदमी हैं। आप कोशिश करेंगे तो अंग्रेज सरकार नवीन को माफ कर देगी—उसका नाम बागियों की लिस्ट से आप बड़ी आसानी से खारिज करवा सकते हैं। अब आप घर पहुँचकर सबसे पहले यही काम कीजिए !" मुंशीजी ने सलाह दी।

मुंशीजी और दूसरे लोगों की बातें सुनकर बुर्कापोश औरत कसमसाते हुए बार-बार पहलू बदल लेती थी।

"आप आराम से बैठिए," शान्ता ने उसे परेशान देखकर कहा। और फिर मंजू की ओर देखकर बोली, "तुम्हारे छोटे भैया बारात में नहीं आए।"

"नहीं भाभी, नवीन भैया तो घर आते ही नहीं हैं, इन अंग्रेज कुत्तों की वजह से..." मंजू ने भीगी आवाज में उत्तर दिया।

"सचमुच ही कुत्ते हैं ये !" शान्ता घृणा-भरे स्वर में बोली, "पहले तो सूँघते हुए जनवासे में पहुँच गए, फिर घर पर आ धमके और जब वहाँ भी नहीं मिले तो अब गाड़ी के डिब्बे सूँघते फिर रहे हैं।"

"छोटे भैया तक इन अंग्रेज कुत्तों का पहुँचना आसान नहीं है भाभी," मंजू बोली, "खैर, अब आप खाना खाइए।"

तभी मुंशीजी की आवाज फिर सुनाई दी, "बाबू कुन्दनलाल, नवीन को तो घर की मोह-ममता ही नहीं रह गई है। अरे, उस पर अगर क्रान्ति का भूत सवार न होता तो वह तुम्हारा दूसरा बाजू बन जाता। आज ठाठ से अपने बड़े भाई की शादी में शामिल हुआ होता।"

मुंशीजी की बात सुनकर बुर्कापोश औरत फिर कसमसा उठी।

शान्ता ने पूड़ी का कौर तोड़कर मंजू की ओर बढ़ा दिया।

"तुम भी खाओ न भाभी !" मंजू ने खाते हुए कहा।

शान्ता ने अपने दोनों पाँव सीट पर रखे ही थे कि बुर्कापोश औरत का एक हाथ बाहर निकला और शान्ता के पैर छूकर फिर बुर्के में छिप गया।

शान्ता हड़बड़ाकर बोली, "आपको कुछ चाहिए ?"

''सिर्फ आपका आशीर्वाद भाभी !'' बुर्कापोश औरत ने बहुत ही धीमी आवाज में कहा और अपने चेहरे पर से बुर्के का पल्ला उलट दिया।

शान्ता बुर्के में औरत की जगह एक नौजवान को देखकर हक्की-बक्की रह गई। लेकिन मंजू के मुँह से घुटी-घुटी-सी चीख निकली, ''भ-इ-या !''

गनीमत थी कि मंजू की आवाज डिब्बे में बैठे लोगों के कानों तक नहीं पहुँच पाई। उसके मुँह से चीख निकलने से पहले ही पर्दे में छिपे नौजवान ने उसके मुँह पर हाथ रख दिया था।

बुर्के में छिपा वह नौजवान—वही नवीन था, जिसे सार्जेंट टाम और उसके जवान शिकारी कुत्तों की तरह चारों ओर खोजते फिर रहे थे।

''भाभी, मैं आपका देवर नवीन हूँ—और मंजू, शोर मत मचाना। बारात में अंग्रेजों के कुछ पिट्ठू भी शामिल हैं !'' नवीन ने कहा और एक बार फिर शान्ता के पैर छूकर बोला, ''मेरा मन नहीं माना भाभी, इसलिए आपसे मिलने चला आया !''

शान्ता आँखों में आश्चर्य लिये नवीन को देखती रह गई।

''भाभी तो माँ के बराबर होती है। मैंने सोचा भाभी-माँ के कम से कम दर्शन तो कर ही लूँ !'' नवीन ने कहा। फिर एक लम्बी साँस भरकर बोला, ''नहीं तो क्या पता भाभी, किस घाटी या पहाड़ी पर अंग्रेज कुत्ते मुझे घेर लें और मार डालें—और अगर मैं आप तक पहुँचने से पहले इन खूनी दरिन्दों के हाथ लग जाता तो आपके दर्शन की साध लिये हुए ही मुझे इस दुनिया से कूच कर जाना पड़ता।''

शान्ता ने जल्दी से नवीन के मुँह पर हाथ रख दिया, ''नहीं, नहीं, ऐसा मत कहिए लालाजी। ये कुत्ते तो आपको ढूँढ़ते हुए हमारे घर और जनवासे में भी पहुँच गए थे।''

''मुझे मालूम है भाभी।''

''हाँ भैया, उस अंग्रेज ने और सिपाहियों ने खूब गोलियाँ चलाई थीं...'' मंजू ने धीरे से बताया।

''आप इतना खतरा उठाकर यहाँ क्यों चले आए लालाजी ?'' शान्ता की आँखें गीली हो उठीं, ''आप नहीं जानते कि देश के लिए आपकी जिन्दगी कितनी कीमती है !''

“खतरे की बात छोड़िए भाभी, बड़ी जोर की भूख लगी है !” नवीन ने मुस्कुराकर कहा।

“अरे...मुझे तो ध्यान ही नहीं रहा !” शान्ता ने जल्दी से कहा और पूड़ी तोड़ने लगी।

“अपने हाथ से खिला दीजिए भाभी। मैं तो बर[illegible] क्योंकि माँ के हाथ से खाना मुद्दत से नसीब नहीं हुआ। [illegible] हाथ से एक कौर खाकर मेरी बरसों की भूख मिट जाएगी !” कहते-कहते नवीन की आँखों में आँसू छलक उठे।

“आप पेट भरकर खा लीजिए !” शान्ता ने अपने हाथ से नवीन को खाना खिलाते हुए कहा।

“मंजू, माँ कैसी हैं ?” नवीन ने पूछा।

“आपको बहुत याद करती हैं भैया...” मंजू ने बताया।

“बाबूजी और प्रवीन भैया को देख लिया। लेकिन माँ को नहीं देख पाया।” नवीन ने भरे गले से कहा, “आपको देख लिया, समझ रहा हूँ मैंने माँ को देख लिया।”

“बड़े भैया को बुलाऊँ !” मंजू उठते हुए बोली।

“देख ले...आ सकें तो बुला ले।”

तभी गाड़ी की स्पीड धीमी हो गई।

“इस गठरी में क्या है ?” शान्ता ने पूछा।

“ओह–सोचा भाभी के लिए क्या ले चलूँ। जंगलों में रहता हूँ भाभी...ये जंगली फूल हैं।”

तभी ट्रेन एक स्टेशन के प्लेटफार्म पर पहुँच गई। उसकी स्पीड और धीमी हो गई।

शान्ता ने खिड़की से झाँककर देखा और घबराकर बोली, “लालाजी, पुलिस !”

“अच्छा भाभी, जिन्दा रहा तो फिर कभी आपके दर्शन करूँगा,” नवीन उठ खड़ा हुआ, “माँ से मेरा प्रणाम कह देना...और बाबूजी और भैया से भी।”

कहते-कहते नवीन दरवाज़े पर पहुँच गया। दरवाजा पर्दे की आड़ में

था। शान्ता ने हाथ पकड़कर उसे सँभालकर उतार दिया।

ट्रेन अभी रुकी नहीं थी। हाँ, उसकी स्पीड कुछ धीमी जरूर हो गई थी। लेकिन नवीन ने कोई चिन्ता नहीं की। उसने शान्ता की कलाई पकड़ी और घिसटते हुए ट्रेन से उतर गया।

नवीन जैसे ही ट्रेन से कूदा और शान्ता की कलाई उसकी पकड़ से आजाद हुई, शान्ता की नज़र अपनी कलाई पर पड़ी। कई जगह से खून की बूँदें निकल रही थीं। नवीन की पकड़ से शान्ता की कलाई की दो-तीन चूड़ियाँ टूटकर कलाई में धँस गई थीं।

लेकिन अपनी कलाई से निकलते खून की परवाह न करके शान्ता ने झुककर धीरे से कहा, ''लालाजी अपना खयाल रखना...''

''भाभी, आपका आशीर्वाद मेरी रक्षा करेगा !'' नवीन ने कहा और बड़ी तेजी से ट्रेन की विपरीत दिशा में भाग पड़ा।

शान्ता ने जल्दी से नवीन का बुर्का गठरी में फूलों के नीचे रखकर बाँध दिया और अपनी कलाई से छलकती खून की बूँदों को देखने लगी।

तभी ट्रेन रुक गई। सार्जेंट टाम और कुछ सिपाही दनदनाते हुए डिब्बे में घुस आए।

''कोई हिलेगा नहीं !'' टाम ने डिब्बे में बैठे लोगों की ओर रिवाल्वर लहराते हुए कड़ककर कहा, ''हमको खबर मिला है...नवीन इदर गाड़ी में है।''

''सर, आप पूरे डिब्बे की तलाशी ले लीजिए।'' बाबू कुन्दनलाल ने बड़ी विनम्रता से कहा।

''बहू किधर है ?'' सार्जेंट टाम ने लोगों पर नजर डालकर पूछा।

मंजू और प्रवीन घबरा उठे। लेकिन शान्ता घूँघट में से धीरे से बोल उठी, ''मैं इधर हूँ !''

''और कौन है उधर ?''

उत्तर में शान्ता ने जल्दी से पर्दा हटा दिया।

टाम ने देखा, वहाँ शान्ता के अलावा और कोई नहीं था।

सार्जेंट टाम का यह तीसरा वार भी खाली गया था। उसके क्रोध और झल्लाहट की सीमा नहीं रही। वह अकड़-अकड़कर चलते हुए बाबू

कुन्दनलाल के सामने जा खड़ा हुआ और अपने रिवाल्वर की नाल उनकी ओर हिलाते हुए बोला, "यह नवीन बहुत ही चकमेबाज है, लेकिन अच्छी तरह सुन लो...किसी दिन नवीन की हरकत की कीमत तुम सब लोगों को चुकानी पड़ेगी।"

क्रोध से पैर पटकते हुए वह पलटा और धम से प्लेटफार्म पर कूदकर बोला, "गाड़ी को जाने दो।"

गाड़ी ने सीटी दी और धीरे-धीरे आगे बढ़ने लगी।

शान्ता ने इत्मीनान की साँस ली और खाने की पत्तल अपनी ओर खिसका ली।

लेकिन उसने कौर तोड़ा ही था कि गोली चलने की आवाज सुनाई दी।

शान्ता के हाथ से कौर छूटकर नीचे जा गिरा।

❒

शान्ता ससुराल पहुँची तो उसकी सास ने दरवाज़े पर आकर उसका बड़े हर्ष-उल्लास के साथ स्वागत किया। शान्ता रूपवती थी, जिसने भी देखा उसके सौन्दर्य की प्रशंसा की।

"प्रवीन की माँ, तुम्हारे तो भाग्य खुल गए। इतनी सुन्दर बहू पाई है तुमने...साक्षात सरस्वती !" एक वृद्धा ने शान्ता का घूँघट उलटकर उसके चेहरे को देखते हुए प्रशंसा की।

"हाँ दादी, प्रवीन भैया तो हूर की परी ले आए हैं इस घर की बहू बनाकर।" रिश्ते की एक ननद ठहाका मारकर हँस पड़ी।

परिवार की स्त्रियाँ और अड़ोस-पड़ोस की स्त्रियाँ गई रात तक शान्ता को घेरे बैठी रहीं। तरह-तरह के हँसी-मजाक करती रहीं।

जब रात आधी हो गई तो प्रवीन की रिश्ते की एक भाभी ने आकर शान्ता को घेरे बैठी लड़कियों को वहाँ से भगाया और शान्ता की बाँह पकड़े उसे सुहागरात के कमरे में ले गई और उसे वहीं अकेला छोड़कर बाहर आ गई।

"शान्ता, इन लड़कियों ने तुम्हें बहुत परेशान किया होगा।" प्रवीन ने शान्ता की ओर बढ़ते हुए कहा।

"मुझे तो बहुत अच्छा लगा।" शान्ता मुस्कुरा उठी। फिर पलंग पर रखे जंगली फूलों की ओर इशारा करके बोली, "पलंग पर जंगली फूल रखे हैं। लालाजी दे गए थे ! इन फूलों में जो महक है वह बाजार के फूलों में नहीं होती।"

"शान्ता, मेरा छोटा भाई नवीन मेरे लिए किसी खुशबूदार फूल से कम नहीं है," प्रवीन ने फूलों को छुआ, "कोई भी नहीं जानता कि उसके लिए मेरा मन कितना दुखता है...लगता है एक बार उसे देखकर तुम भी उसे बेहद प्यार करने लगी हो।"

"इन फूलों के साथ थोड़े से जंगली आँवले भी हैं !" शान्ता ने फूलों के ढेर को एक ओर हटाते हुए बताया।

"बाबूजी को आँवले का अचार बहुत पसन्द है शान्ता। मैं तो हैरान हूँ कि चारों ओर मुसीबतों से घिरा होने पर भी नवीन को ये छोटी-छोटी बातें कैसे याद रह जाती हैं !...शान्ता, अब यह घर तुम्हारा है। नवीन की चिन्ता ने माँ को उमर से पहले बुढ़िया बना दिया है। अब तुम्हीं को इस घर को सँभालना है !" प्रवीन शान्ता का हाथ थामे पलंग पर आ बैठा।

"आप चिन्ता मत कीजिए। मैं इस घर के किसी भी व्यक्ति को रत्ती-भर भी परेशान नहीं होने दूँगी।"

"मुझे तुमसे यही आशा है शान्ता !"

शान्ता ने अपना चेहरा प्रवीन के सीने में छिपा लिया।

"सुनो शान्ता।" प्रवीन ने शान्ता के चेहरे को उठाते हुए कहा।

"कहिए।"

"किसी भी तरह तुम नवीन को सही रास्ते पर ले आओ। मुझे अपना भाई और माँ को अपना बेटा मिल जाएगा।"

"लेकिन कैसे ?" शान्ता के मुँह से निकला।

"सोचना...मेरी बात पर..." प्रवीन ने कहा और शान्ता को बाँहों में भरकर अपने सीने से लिपटा लिया।

❑

पास-पड़ोस की ही नहीं, पूरे मुहल्ले की औरतें प्रवीन की बहू को देखने के लिए आई थीं लेकिन प्रवीन की ताई नहीं आईं।

रात को यह बात सरस्वती ने अपने पति बाबू कुन्दनलाल को बताई तो उन्होंने बड़े सहज भाव से कहा, ''हो सकता है भाभी की तबीयत ठीक न रही हो। कल तुम खुद बहू को लेकर हवेली में चली जाना।''

''मैं बहू को लेकर वहाँ जाऊँ ?'' सरस्वती को पति का सुझाव अच्छा नहीं लगा।

''सरस्वती, लाठी मारने से पानी अलग नहीं होता। कुछ देर के लिए लाठी का निशान दिखाई तो देता है लेकिन दूसरे ही पल फिर पानी अपने उसी रूप में आ जाता है,'' बाबू कुन्दनलाल ने समझाया, ''मुकदमेबाजी अपनी जगह है। और भाई-भाई का रिश्ता अपनी जगह है। वह बड़ी हैं। तुम खुद ही बहू को लेकर हवेली में चली जाओ। वह भी तो देख लें प्रवीन की बहू को।''

''मेरी जिठानी को कितना घमंड है आप नहीं जानते, मैं जानती हूँ। जब हम लोगों की ही उनके मन में कोई कीमत नहीं तो वह बहू को क्या समझेंगी ! सीधे मुँह बात भी नहीं करेंगी। अपने सामने मैं बहू की बेइज्जती होते नहीं देख सकती।''

''नहीं सरस्वती, रिश्ते में हम छोटे हैं, छोटे ही रहेंगे, और वह बड़े हैं बड़े ही रहेंगे। और फिर शान्ता बहू सिर्फ हमारी ही बहू नहीं है, पूरे परिवार की बहू है। भाभी इसकी हरगिज बेइज्जती नहीं करेंगी !'' बाबू कुन्दनलाल ने यकीन दिलाने की कोशिश की।

''और अगर उन्होंने सीधे मुँह बात न की तो ?''

''तो फिर अपने घर लौट आना।''

अन्त में बाबू कुन्दनलाल के आगे सरस्वती को झुकना ही पड़ा। वह बड़े बेमन से शान्ता को लेकर अपने पुरखों की हवेली की ओर चल पड़ीं। यह हवेली पूरे शहर में बड़ी हवेली के नाम से मशहूर थी।

जब हवेली नजर आने लगी तो सरस्वती ने शान्ता से कहा, ''बहू, यह हवेली हमारी है। ससुर जी के मरने के बाद यह हवेली हमारे हिस्से में आई

थी लेकिन हमारे जेठ जी ने बराबरवाली अपनी हवेली के साथ-साथ हमारी हवेली पर भी कब्जा कर लिया। सालों से मुकदमा चल रहा है। ससुर जी की सारी जमीन-जायदाद पर बेईमानी से जर्बदस्ती कब्जा करके वह करोड़पति बन गए हैं। और जिठानी जी की तो कुछ पूछो ही नहीं। किसी से सीधे मुँह बात नहीं करतीं। इंसान को इंसान नहीं समझतीं।''

''बाल-बच्चे तो होंगे ?'' शान्ता ने पूछा।

''बाल-बच्चे होते तो पता नहीं क्या करतीं ! शायद आसमान में छेद ही कर देती, लेकिन भगवान बड़ा न्यायकारी है। जोर-जबर्दस्ती और बेईमानी से दूसरों का हक मारनेवाली जिठानी को भगवान ने पैसा तो खूब दिया पर औलाद नहीं दी। दूसरों के बच्चों को देखकर हर वक्त उनके सीने पर साँप लोटता रहता है।''

''माँ जी, वह कहावत है न कि भगवान के दरबार में देर भले हो जाए लेकिन अन्धेर नहीं होता !'' शान्ता बोली ''और माँ जी, जीत उसी की होती है जिसके साथ सच्चाई होती है।''

''तुम्हारे ससुर जी के कहने पर जा तो रही हूँ, लेकिन मैं अच्छी तरह जानती हूँ कि वह हमलोगों के साथ अच्छा बर्ताव नहीं करेंगी। उन्हें बहुत ही घमंड है अपनी धन-दौलत का,'' सरस्वती ने घृणा-भरे स्वर में कहा, ''हम ही क्या, वह तो किसी से भी सीधे मुँह बात करना अपनी शान के खिलाफ समझती हैं।''

''तो क्या हुआ माँ जी ! सीधे मुँह बात नहीं करेंगी तो हम चुपचाप वापस चले आएँगे,'' शान्ता से सहज भाव से कहा, ''अब हमारे लिए वह अपनी आदतों और स्वभाव को न तो बदल सकती हैं और न छोड़ सकती हैं।''

''जरा-सा अपना घूँघट और लम्बा कर लो वरना सारी बस्ती में बदनाम कर देंगी। उन्हें दूसरों पर छींटे कसने में बड़ा मजा आता है।''

दोनों धीमी आवाज़ में बातें करती हुई हवेली में पहुँच गईं।

हवेलीवाली सरस्वती की जिठानी एक झूले पर बैठी थीं। शरीर पर जरूरत से ज्यादा जेवर लाद रखे थे। झूले के पास ही एक तिपाई पर पानदान रखा था।

सरस्वती को आते देख उनकी नाक-भौंह सिकुड़ गईं। माथे पर एक नहीं अनेक बल पड़ गए। और फिर जब उनकी नफरत और गुस्से-भरी नजर सरस्वती के पीछे-पीछे आती शान्ता पर पड़ी तो जैसे जल-भुनकर कबाब बन गईं।

"अच्छा, बहू को लेकर आई हो !" हवेलीवाली ने व्यंग्य और उपेक्षा-भरी आवाज में कहा और पास ही रखे उगालदान में मुँह में भरे कुचले-अधकुचले बीड़े थूककर फिर मुँह में बीड़ा ठूँस लिया।

"बहू, पैर छुओ। यह तुम्हारी बड़ी सास हैं !" सरस्वती ने शान्ता से कहा।

शान्ता ने हवेलीवाली के करीब जाकर उनके पैर छुए।

हवेलीवाली कुछ पल सामने खड़ी शान्ता को देखती रहीं फिर बोलीं, "अरे सरस्वती, जरा बहू का मुँह तो दिखाओ।"

"जिज्जी, आप खुद ही देख लीजिए।"

"अच्छा...अच्छा, समझ गई ! मुँहदिखाई लेने का लालच है..." हवेलीवाली की आवाज में और भी कड़वाहट घुल गई। उन्होंने अपने गले में लटके भारी-भारी हारों में से सोने की एक पतली-सी चैन उतारी और शान्ता के हाथों में देने के बजाय उसकी ओर फेंक दी।

शान्ता उनके इस उपेक्षा-भरे व्यवहार को देखकर हैरान रह गई।

"अरे कमली !" हवेलीवाली ने अपनी मुँहलगी नौकरानी को पुकारा।

"आई मालकिन।" कमली तेज-तेज कुलाँचे भरती हुई मालकिन के सामने आ खड़ी हुई।

"इसका घूँघट उठा दे...जरा इसका मुँह तो देख लूँ कैसी है !" हवेलीवाली ने कमली को हुक्म दिया।

कमली मुस्कुराती हुई शान्ता की ओर बढ़ी लेकिन जैसे ही उसने शान्ता के घूँघट की ओर हाथ बढ़ाया सरस्वती ने उसका हाथ झटक दिया। और बिगड़कर बोली, "चल हट।"

कमली का मुँह उतर गया। उसने अपना हाथ खींच लिया।

"नौकरानी से बहू का घूँघट उठवा रही हो जिज्जी !" सरस्वती क्रोध और अपमान से बिफर उठी, "पैसे का इतना घमंड अच्छा नहीं है जिज्जी।

बहू को देखना है तो खुद ही देख लो।''

और फिर शान्ता के पैरों के पास पड़ी चेन उठाकर झूले पर फेंकती हुई बोली, ''और अपनी यह सौगात अपने पास ही रखो।''

सरस्वती की क्रोध से भरी आवाज सुनकर हवेलीवाली झूले से उतरती हुई बोली, ''अरे-अरे...तुम तो बुरा मान गई सरस्वती...'' और फिर शान्ता का घूँघट उठाकर अच्छी तरह उसके चेहरे को देखने के बाद मुँह बनाकर बोली, ''बड़ी बेपर की खबर उड़ाई थी कि प्रवीन की बहू तो हूर की परी है—अरे...यह तो हमारी कमली से भी गई-बीती है।''

मालकिन की बात सुनकर कमली खिलखिलाकर हँस पड़ी।

इस अपमान से शान्ता की आँखों में आँसू छलक उठे, उसकी डबडबाई आँखें देखकर सरस्वती ने जल्दी से उसकी पीठ पर हाथ रख लिया।

''खैर, मुँह दिखाने आई हो तो यह तो लेती ही जाओ।'' हवेलीवाली ने झूले पर से चेन उठाकर शन्ता की गोद में डाल दी।

''फेंक दो इसे और चलो यहाँ से।'' सरस्वती ने शान्ता से कहा और फिर हवेलीवाली को जलती हुई नजरों से देखती हुई बोली, ''जिज्जी, हमलोगों का हक मारकर ही आप बड़ी बनी हुई हैं। सही बँटवारा हो जाए जमीन-जायदाद का तो हम आपको नौकर रख लें। ऐसे घमंड में आप नौकरों के सामने हमारी बेइज्जती कर रही हैं—भगवान सबकुछ देख रहा है। उसके दरबार में देर भले ही हो लेकिन अन्धेर नहीं है...वही समझेगा तुम्हें।''

हवेलीवाली ने पनडब्बे में से निकालकर कई बीड़े मुँह में ठूँस लिये और फिर ठहाका मारकर बोली, ''अरे, सुनो रे सुनो...कौवा हंस बनने चला है।''

हवेलीवाली की नौकरानी और नौकर भी ठहाके मार-मारकर हँसने लगे।

सरस्वती अपमान से काँपती शान्ता का हाथ पकड़कर चल पड़ी।

क्रोध से उन दोनों के कदम आड़े-तिरछे पड़ रहे थे।

❐

हवेलीवाली ने सरस्वती और उनकी बहू शान्ता का जो अपमान किया था उसे शान्ता जहर के घूँट की तरह बड़ी खामोशी से पी गई। वह कुछ बोलकर इस आपसी मनमुटाव को और बढ़ाना नहीं चाहती थी।

सरस्वती को पछतावा होने लगा कि वह अपने पति की बातों में आकर बहू को हवेलीवाली के पास क्यों ले गई ?

कितना दुख हुआ होगा शान्ता को हवेलीवाली के व्यवहार से।

वह काफी देर तक सोच में डूबी गुमसुम बैठी रही। शान्ता ने जिस धीरज से अपमान के घूँट पी लिये थे, उससे वह इस नतीजे पर पहुँची थी कि शान्ता में सहनशीलता की कमी नहीं है। वह बड़ी से बड़ी बात को भी सहजता से सहन कर लेती है।

सरस्वती ने अपनी साड़ी के छोर से बँधा चाबियों का गुच्छा खोला और शान्ता को सौंपती हुई बोली, ''बहू, आज से मैं इस घर का सारा भार तुम पर डालकर घर-बार की तमाम जिम्मेदारियों से छुट्टी ले रही हूँ।''

''अरे-अरे...आप यह क्या कह रही हैं माँ जी ?'' शान्ता ने चाबियों का गुच्छा उनकी गोद में रख दिया, ''मैं तो घर के कामकाज में बिल्कुल अनाड़ी हूँ। मैके में भी तो पढ़ाई के अलावा कोई काम ही नहीं किया। मैं इतनी बड़ी जिम्मेदारी सँभाल पाने के योग्य नहीं हूँ माँ जी।''

''नहीं बहू, आज हवेलीवाली ने तुम्हारे साथ जो व्यवहार किया और तुमने बड़ी शान्ति और धीरज के साथ उसे बर्दाश्त कर लिया, उससे साबित हो जाता है कि परिवार में कैसी भी परिस्थिति क्यों न आए, तुम बड़ी आसानी से उसका सामना कर सकती हो...'' सरस्वती ने विश्वास-भरे स्वर में कहा।

''माँ जी...'' शान्ता कुछ कह नहीं पाई थी।

सरस्वती कुछ पल इस तरह खामोश बैठी रही जैसे अपने अतीत की यादों को कुरेदने लगी हो।

''बहू,'' सरस्वती ने गम्भीर स्वर में कहा, ''ठीक इसी तरह जब मैं बहू बनकर इस घर में आई थी, मेरी सास ने चाबियों का गुच्छा मेरे आँचल में बाँधते हुए कहा था–'यह घर की चाबियाँ नहीं हैं सरस्वती, यह घर की मान-मर्यादा और परम्पराओं की धरोहर है जो मैं तुम्हें सौंप रही हूँ। मुझे

पूरा-पूरा विश्वास है कि इसी तरह एक दिन तुम मेरी इस धरोहर को अपनी बहू को सौंपकर घर-परिवार के कामों से संन्यास ले लोगी...' शान्ता, उस ओर देखो—आँगन के उस कोने में तुलसी का वह बिरवा...जिस दिन से इस घर में आई हूँ नियम से रोजाना जल चढ़ाती हूँ। शाम को दीपक जलाती हूँ, घर के छोटे से मन्दिर में विराजमान ठाकुरजी की नित्य नियम से सेवा-पूजा करती हूँ और बेटी, आजतक इस घर से न तो कोई खाली हाथ गया है और न भूखे पेट किसी ने इस घर की चौखट से बाहर पाँव रखा है—यही हैं हमारे परिवार की परम्पराएँ ! इन्हें निभाने की पूरी-पूरी कोशिश करना बहू।"

❐

सास के आदेश पर शान्ता ने घर के सारे कामकाज की जिम्मेदारी अपने कन्धों पर ले ली। घर में सिर्फ उसकी ननद मंजू ही छोटी थी, उसकी देखभाल और पढ़ाई-लिखाई की ओर शान्ता ने पूरा-पूरा ध्यान देना शुरू कर दिया। पति प्रवीन के अलावा सास-ससुर थे। वह उनकी जी-जान से सेवा करने लगी।

अपनी सास की तरह उसके सीने में भी अपने देवर नवीन के लिए चिन्ता और आशंकाओं की होली जलती रहती थी। शादी के बाद ट्रेन में बुर्का पहने औरत के भेष में ही उसने नवीन को पहली बार देखा था। घर पर उसकी तलाश में जब-तब आती रहनेवाली पुलिस के कारण नवीन घर नहीं आता था। वैसे भी जब से वह क्रान्तिकारियों के दल में शामिल हुआ था, कभी-कभी ही घर आ पाता था। महीनों बीत जाते थे, उसके सम्बन्ध में कोई समाचार तक नहीं मिल पाता था। सारा घर उसकी वजह से चिन्तित रहता था कि न जाने कब वह पुलिस के हाथों पकड़ा जाए या फिर पुलिस के साथ होनेवाली किसी मुठभेड़ में शहीद हो जाए। उसका भविष्य सभी को अनिश्चित और अन्धकारमय दिखाई देता था। घर के सभी लोग उसे समझा-समझाकर हार चुके थे लेकिन क्रान्ति के पथ पर बढ़े हुए उसके कदमों को बूढ़े माता-पिता के आँसू—बड़े भाई का प्यार और छोटी बहन

का मोह भी रोकना तो दूर, पीछे भी हटा नहीं पाया था।

शान्ता के मन में अपने देवर नवीन के प्रति जहाँ चिन्ता रहती थी वहाँ गर्व भी था। देश की आजादी के लिए अपना सर्वस्व, अपना जीवन तक अर्पण करनेवालों के लिए उसके मन में प्रगाढ़ श्रद्धा और सम्मान की भावना थी। जब अंग्रेजी सरकार के पिट्ठू कुछ लोग नवीन की आलोचना करने लगते तो उसका जी चाहता उन सबको धक्के मारकर अपने घर से निकाल दे। या फिर एक-एक को गोली से उड़ा दे।

नवीन के साथ हुई पहली मुलाकात उसके लिए जैसे एक मूल्यवान धरोहर बन गई थी !

❐

घर के कामकाज का भार और नवीन की चिन्ता मन में सँजोए शान्ता अपने कामों में व्यस्त थी कि तभी बाबू कुन्दनलाल ने घर में कदम रखा। शान्ता ने देखा उनके चेहरे पर स्थायी रूप से जमी हुई उदासी खुशी बनकर पिघल गई थी। खुशी से उनका चेहरा फूल की तरह खिल गया था। आँखों में एक नई जिन्दगी की चमक दिखाई दे रही थी।

दरवाजे पर कदम रखते ही बाबू कुन्दनलाल ने ऊँची आवाज में अपनी पत्नी को पुकारा, "अजी सुनती हो प्रवीन की माँ।"

"क्या ?" सरस्वती ने माला माथे से छुआकर रखते हुए पूछा।

"आज लोअर कोर्ट ने अपना फैसला सुना दिया। हम मुकदमा जीत गए !" बाबू कुन्दनलाल ने खुशी से छलकती आवाज में बताया।

"भगवान का लाख-लाख शुक्र है।" सरस्वती ने फिर माला उठा ली, "बड़े-बूड़ों ने झूठ थोड़े ही कहा है। भगवान के दरबार में देर तो हो सकती है लेकिन अन्धेर नहीं होता। जो लोग सच्चाई पर होते हैं, जीत उन्हीं की होती है।"

बाबू कुन्दनलाल ने यह खुशखबरी इतनी ऊँची आवाज में सुनाई थी कि बड़ी और छोटी हवेली के बीच बनाई गई दीवार के उस पार हवेलीवाली के कानों तक उनकी आवाज़ पहुँच गई। बड़ीवाली के पति अभी तक

कचहरी से घर नहीं लौटे थे, इसलिए उसे मुकदमे के फैसले के बारे में कुछ भी पता नहीं चला था। वह तो उम्मीद लगाए बैठी थी कि मुकदमे में जीत जरूर ही होगी। क्योंकि शहर के तीन बड़े-बड़े वकील मुकदमे की पैरवी कर रहे थे, जबकि बाबू कुन्दनलाल का सिर्फ एक ही वकील था, जिसकी गिनती शहर के मामूली वकीलों में होती थी।

"कुन्दनलाल मुकदमा जीत गया...मैं हार गई ?" कुन्दनलाल की खुशी भरी आवाज हवेलीवाली के सीने में बरछी की तरह उतरती चली गई। गुस्से से उसका खून खौल उठा, सारा शरीर तमतमा उठा। आँखों से अंगारे बरसने लगे, जी चाहा कि कुन्दनलाल के पूरे परिवार को कच्चा ही चबा डाले...

फिर जब उसने सरस्वती के मुँह से सुना कि जीत सच्चाई की होती है तो वह अपने आपको रोक नहीं पाई। झटके के साथ झूले से उठी और दीवार के पास पहुँचकर क्रोध और लापरवाही-भरे अन्दाज में चीख उठी–"तो क्या हुआ ! अभी छोटी अदालत से ही तो जीते हो–अरे हम तो तुम्हें हाई कोर्ट तक घसीट ले जाएँगे–तब पता चलेगा दाल-आटे का भाव। हाई कोर्ट में मुकदमा लड़ने के लिए गज भर की छाती चाहिए। है तुम्हारे पास ?"

बाबू कुन्दनलाल और सरस्वती जानते थे कि हवेलीवाली की किसी भी बात का उत्तर देने का मतलब होगा जान-बूझकर अपने-आपको कँटीली झाड़ियों में फँसाना। वे दोनों चुपचाप उनकी बातें सुनते रहे।

लेकिन उन लोगों की खामोशी ने हवेलीवाली के गुस्से को और भी भड़का दिया। वह आम औरतों की तरह कोसने पर उतर आई–चीखकर बोली, "आज रात तक मना लो खुशियाँ...घी के चिराग जलाओ...तुम लोगों के बदन में कीड़े पड़ेंगे ! अरे तुम्हारी बहू ईंट-पत्थर जनेगी...हवेली हमारी है और हमारी ही रहेगी ! भिखमंगों के पास पेट के लिए रोटी नहीं और हाई कोर्ट में हमारा मुकाबला करेंगे।"

बहू शान्ता के बारे में हवेलीवाली ने जो कुछ कहा था, सरस्वती सहन नहीं कर पाई थी। दीवार की ओर मुँह घुमाकर बोली, "जिज्जी, जितना भी जी चाहे कोस लो–लेकिन कसाई के कोसने से कभी ढोर नहीं मरा

करते...तुम्हारे कोसने का कोई असर नहीं होगा।''

''तुम बेकार क्यों बहस में पड़ती हो प्रवीन की माँ !'' बाबू कुन्दनलाल ने अपनी पत्नी को शान्त करने की कोशिश की, ''इन्हें बकने दो। बक-बकाकर खुद ही चुप हो जाएँगी।''

और फिर दीवार में खुली खिड़की उन्होंने भड़ाक से बन्द कर दी।

''अजी सुनते हो !'' सरस्वती ने जाप करते-करते माला फिर माथे से छुआकर ठाकुर जी के पास रख दी।

''सुनाओ, मैं सुन रहा हूँ !'' बाबू कुन्दनलाल ने कहा।

''आज एक खुशखबरी आपने सुनाई है तो मैं भी आपको एक खुशखबरी सुनाए देती हूँ,'' सरस्वती ने उठते हुए कहा, ''मेरी खुशखबरी आपकी खुशखबरी से कहीं ज्यादा अच्छी और कीमती है।''

''अच्छी और कीमती !...ऐसी कौन सी खुशखबरी है प्रवीन की माँ ?'' बाबू कुन्दनलाल अपने तख्त पर जा बैठे।

''हमारी शान्ता बहू माँ बननेवाली है !'' सरस्वती ने बड़े नाटकीय अन्दाज में घोषणा की।

''सच ! तुम सच कह रही हो ना सरस्वती !'' बाबू कुन्दनलाल खुशी से उछल पड़े, ''एक ही दिन में दो-दो खुशखबरियाँ सरस्वती !''

''बारह बरस बाद तो घूरे के दिन भी बदल जाते हैं, प्रवीन के बाबू !'' सरस्वती ने पति को तसल्ली देते हुए कहा।

''बड़े-बूढ़ों ने जो कुछ कहा है वह गलत नहीं होता सरस्वती,'' बाबू कुन्दनलाल ने एक गहरी साँस ली, ''मैं तो रात-दिन भगवान से यही प्रार्थना करता रहता हूँ कि नवीन को सद्बुद्धि दे दे, ताकि वह सही रास्ते पर आ जाए। तुम ही सोचो, जिस अंग्रेजी साम्राज्य का सूरज कभी अस्त नहीं होता, उसे ये मुट्ठी-भर क्रान्तिकारी कैसे उखाड़ फेकेंगे !''

''देखोजी, मेरा बेटा कोई गलत काम तो कर नहीं रहा। आज वे मुट्ठी-भर हैं लेकिन दुनिया एक दिन यह देखकर भौंचक्की रह जाएगी जब पूरा देश इन आजादी के दीवानों के पीछे होगा, जिन्हें वह आज सिरफिरा कहती है। मेरा नवीन भारत माँ की आजादी के लिए लड़ रहा है !'' सरस्वती ने बड़े गर्वीले अन्दाज में कहा।

शान्ता रसोई में खाना बनाते हुए अपने सास-ससुर की बातें सुन रही थी। उसे अपने देवर पर अभिमान हो आया। वह अपनी कलाई पर पड़े उन निशानों को देखने लगी जो नवीन को ट्रेन से उतारते समय चूड़ियों के टूटकर चुभने की वजह से उसकी कलाई पर पड़ गए थे।

❐

जब से हवेलीवाली लोअर कोर्ट में जमीन-जायदाद का मुकदमा हारी थी, तबसे वह हर घड़ी दोनों हवेलियों के बीच बनी दीवार से कान लगाए खड़ी रहती थी। अदालत द्वारा सुनाए गए फैसले के बारे में कुन्दनलाल का अगला कदम क्या होगा, यह जानने के लिए उसके पास और कोई साधन नहीं था।

हालाँकि सरस्वती ने अपने सामान्य लहजे में ही बहू शान्ता के बारे में खुशखबरी सुनाई थी, लेकिन सरस्वती की धीमी आवाज़ भी हवेलीवाले के कानों तक पहुँच गई। उसके सीने पर एक नहीं दो-दो विषैले नाग फन मारने लगे। रात-दिन उसे यही चिन्ता सताती रहती थी कि सीने पर लोटते इन साँपों के फन किस तरह कुचले जाएँ।

उसके शैतानी दिमाग में कई योजनाएँ आईं लेकिन उन योजनाओं पर अमल करने का एक भी उपाय उसके पास नहीं था। उसे पहली बार इस बात पर पछतावा हुआ कि उस दिन उसने थोड़ी सी भी समझदारी से काम लिया होता तो उन दोनों का आना-जाना बना रह सकता था। एक मुद्दत के बाद सरस्वती के पाँव इस बड़ी हवेली में पड़े थे। अगर वह सोच-समझकर काम लेती तो सरस्वती अपनी बहू शान्ता को लेकर फिर कभी भी उसके घर आ सकती थी। और तब वह भी आसानी से शान्ता की कोख में पल रहे अपने नए दुश्मन से छुटकारा पाने की कोशिश कर सकती थी।

लेकिन वह मौका उसने अपनी अकड़ और घमंड के कारण खो दिया था।

शादी के बाद से अब तक दर्जनों हकीमों, वैद्यों और डाक्टरों से इलाज

कराने और अनेक तन्त्र-मन्त्रों की शरण लेने पर भी उसकी कोख अभी तक खाली थी। और इसीलिए उसे हर उस औरत से चिढ़ थी जो माँ बन चुकी थी या माँ बननेवाली थी।

''लो, ब्याह हुए अभी चार दिन भी नहीं बीते और प्रवीन की बहू माँ बननेवाली है।'' उसने ढेर सारी घृणा और नाराजगी अपनी आवाज में घोलते हुए अपने पति से कहा, ''अरे-कुछ तो सोचो, कुछ दिनों बाद ही हमारे दुश्मनों में एक की बढ़ोतरी और हो जाएगी।''

''सब मुकद्दर की बात है धनमन्ती,'' पति ने दुखी होकर कहा, ''तुम्हारी शादी को तो इतने बरस बीत गए, तुमने तो आज तक...।''

''तो क्या इसके लिए सारा कसूर मेरा ही है ?'' हवेलीवाली क्रोध से उबल उठी, ''मुझे जली-कटी मत सुनाओ...यह सोचो कि इन साँपों और सँपोलों के फन किस तरह कुचले जाएँ।''

चन्दनलाल ने कोई उत्तर नहीं दिया। मुकदमा हार जाने की वजह से वह पहले ही बहुत दुखी था, इसलिए पत्नी से वाद-विवाद करके अपना दुख और नहीं बढ़ाना चाहता था। वह खामोश बैठा अपनी पत्नी के क्रोध से तमतमाए चेहरे को देखता रहा।

''चौरंगी, देखा...इन पड़ोसी चीटियों के भी अब पर निकलने लगे हैं। छोटी अदालत से मुकदमा क्या जीत गए, अपने आपको शहंशाह सिकन्दर समझने लगे !'' हवेलीवाली ने अपने पालतू गुंडे चौरंगी से कहा, ''और अब उनकी बहू हमारे एक और दुश्मन को जनम देनेवाली है। मैं चाहती हूँ कि दुश्मनों की इस बढ़ती हुई पूरी फौज को न सही, कम से कम एक को तो ठिकाने लगा ही दिया जाए।''

''आप ठीक कह रही हैं मालकिन हुजूर !'' चौरंगी ने अपनी दोनों हथेलियों को मलकर मुट्ठियाँ बाँध लीं, ''हुकुम कीजिए, आपके किस दुश्मन को जीते जी कब्र में उतार दिया जाए ! इस चौरंगी के लिए यह कोई मुश्किल काम नहीं है...इधर मालकिन हुजूर हुकुम देंगी, उधर चुटकी बजाते काम पूरा हो जाएगा।''

''शान्ता के पेट के बच्चे को ख[illegible] करना तो बहुत मुश्किल काम है चौरंगी,'' हवेलीवाली धनमन्ती सोचते हुए बोली, ''लेकिन एक ऐसा काम

है जिसे आसानी से किया जा सकता है।''

''वह कैसा काम ?'' चौरंगी ने जल्दी से पूछा, ''जल्दी से बताइए मालकिन हुजूर।'' चौरंगी के हाथों में जैसे खुजली होने लगी।

'नहीं चौरंगी, नहीं,'' हवेलीवाली ने कहा और फिर अपनी आवाज धीमी करके राजदाराना लहजे में कहने लगी, ''तुम्हें अपने इन हाथों से नहीं, अपनी इन आँखों से काम लेना पड़ेगा चौरंगी। आज से तुम्हारी नजरें इस मकान पर लगी रहेंगी—चौबीसों घंटे...जैसे ही नवीन नज़र आए फौरन आकर मुझे बता देना। मैं पुलिस को टेलीफोन कर दूँगी। और पुलिस आकर उसे पकड़ ले जाएगी ! लटका देगी बच्चू को फाँसी पर।''

''वाह मालकिन हुजूर, क्या दिमाग पाया है आपने भी !'' चौरंगी खुश होकर बोला।

''इसी को तो कहते हैं, हींग लगे ना फिटकरी रंग चोखा आये !'' बाबू चन्दनलाल खुशी से उछल पड़े।

''खुश होने की जरूरत नहीं है अभी से,'' धनमन्ती ने पति को झिड़का। फिर चौरंगी की ओर मुड़ते हुए बोली, ''चौरंगी, जरा अपने मुख्तार साहब और मुंशीजी को बुलाकर लाओ। आज उनकी खबर भी ले लूँ।''

''अभी लीजिए मालकिन हुजूर।'' चौरंगी ने कहा और दौड़ता हुआ बाहर निकल गया।

उसके जाने के बाद धनमन्ती ने कुछ देर कुछ और सोचा, फिर दो बीड़े मुँह में रखे ही थे कि चौरंगी मुख्तार साहब और मुंशीजी को लेकर आ गया।

दोनों ने मालकिन को झुककर सलाम किया और खड़े हो गए।

''मुख्तार साहब !'' हवेलीवाली की गुर्राती हुई आवाज़ निकली।

''हुकुम मालकिन हुजूर !'' बड़े अदब से मुख्तार साहब ने कहा।

''इतने सालों से तुम हर महीने गठरी भरकर तनख्वाह किस बात की ले जाते हो अपने घर ?'' हवेलीवाली ने कड़ककर पूछा।

हवेलीवाली का सवाल सुनते ही मुख्तार साहब हड़बड़ा उठे। कँपकँपी आवाज निकली, ''जी-जी-वह... ।''

''जी-जी-वो कि हम मुकदमा हार जाएँ और हमारे दुश्मन मुकदमा जीत

जाएँ, इसीलिए ? क्या तुम्हें इतनी पगार बस इसी काम के लिए मिलती है ! मैं पूछती हूँ कि मुकदमे की पैरवी ठीक ढंग से क्यों नहीं हुई ?''

धनमन्ती का रणचंडी-रूप देखकर मुख़्तार साहब की सिट्टी-पिट्टी गुम हो गई। उनके मुँह से आवाज ही नहीं निकली।

''मुंशीजी !'' हवेलीवाली ने पलटकर मुंशीजी को घूरा।

''जी मालिकन !'' मुंशीजी अदब से दोहरे हो गए।

''मुंशीजी, मुख़्तार साहब ने मुकदमे की पैरवी ठीक ढंग से नहीं की, इसलिए हम मुकदमा हार गए। हम चाहते हैं कि इन्हें बर्खास्त किया जाए और इनकी जगह आपको मुख़्तार बहाल कर दिया जाए !'' हवेलीवाली ने पान के बीड़े मुँह में ठूँसते हुए कहा।

''मालकिन हुजूर का इकबाल बुलन्द हो !'' मुंशीजी खुशी से चहक पड़े और झपट्टा मारकर मुख़्तार साहब से मुकदमे की मिसिल छीन ली, ''आप बेफिक्र रहें मालकिन हुजूर, यह नाचीज़ पूरी मेहनत और लगन से काम करेगा।''

''चौरंगी !'' हवेलीवाली का रुख चौरंगी की ओर घूमा।

''हुकुम मालकिन हुजूर !'' चौरंगी आगे बढ़ आया।

''जब मुंशीजी मुख़्तार साहब का काम सँभाल लें तो इनकी जगह कोई नया मुंशी मुकर्रर कर दिया जाए।''

''हुजूर...मालकिन,'' मुख़्तार साहब रुआँसे होकर चीख उठे, ''मैं मर जाऊँगा सरकार, छोटे-छोटे आधा दर्जन बच्चे हैं...घरवाली है—सब यतीम हो जाएँगे...रहम कीजिए मालकिन।''

हवेलीवाली दहाड़कर बोली, ''मुख़्तार साहब, यो रोना-धोना बन्द करो और मेरी नजरों के आगे से दफा हो जाओ। तुम जैसे नाकारा नौकर का तो मुँह भी मैं नहीं देखना चाहती।''

''हुजूर ! सरकार...'' मुख़्तार गिड़गिड़ा उठे।

''चौरंगी !''

''हुजूर मालकिन !''

इन्हें दीवानखाने से धक्के मारकर निकाल दो !'' हवेलीवाली ने हुक्म दिया, इनकी लापरवाही और नाकारापन की वजह से हमें आज यह दिन

देखना पड़ रहा है—दुश्मनों के घर में घी के चिराग जल रहे हैं और हमारा घर अँधेरों में डूब गया है ! निकालो इन्हें।''

मालकिन का हुक्म पाते ही चौरंगी के बाजू फड़क उठे। उसने दोनों हाथ बढ़ाकर झपट्टा मारा और मुख्तार साहब की गर्दन अपने फौलादी हाथों से दबोच ली और उन्हें धकियाते हुए दरवाजे की ओर बढ़ने लगा।

❏

''क्रान्ति के लिए हथियार चाहिए और हथियार खरीदने के लिए पैसा। और पैसा हमारे पास है नहीं !'' क्रान्तिकारियों के गिरोह के नेता दत्तू फड़के ने सोच भरे स्वर में कहा।

''धन और हथियारों के बिना हमारा आन्दोलन उस तेजी से नहीं चल पा रहा, जिस तेजी से चलाना आवश्यक है। जब तक आन्दोलन में तेजी नहीं आती ब्रिटिश हुकूमत पर रत्ती-भर भी असर नहीं पड़ेगा,'' अनवर ने कहा, ''लेकिन सबसे बड़ी मुश्किल यह है कि जिन लोगों के पास दौलत है वे सब बर्तानिया सरकार के पिट्ठू हैं। वे मदद के नाम पर हमें कानी कौड़ी भी नहीं देंगे। और देश की बाकी जनता इतनी गरीब है कि उसके पास दो वक्त की रोटी भी नहीं जुट पाती।''

नवीन के साथी क्रान्तिकारी आन्दोलन की गति में तेजी लाने के लिए उपायों पर बहस कर रहे थे और नवीन कोई ऐसी योजना बना रहा था जिसका बोझ देश की जनता पर न पड़कर, सीधा ब्रिटिश सरकार पर पड़े। मियाँ की जूती मियाँ के सिरवाली कहावत सच हो जाए।

उसने आसपास के शहरों के सरकारी खजानों की लिस्ट पर नजर डाली। इन सरकारी खजानों को लूटने से काफी धन मिल सकता था, लेकिन इन खजानों पर रात-दिन पुलिस के जवान संगीन लिये पहरा देते रहते थे। वे सभी हिन्दुस्तानी थे। उनके मन में क्रान्तिकारी आन्दोलन के प्रति अगर सहानुभूति नहीं थी तो विरोध भी नहीं था। नवीन ने पुलिस के साथ पिछले दिनों हुई मुठभेड़ के समय देखा था। पुलिस के हिन्दुस्तानी सिपाही अपने अंग्रेज अफसर के हुक्म से गोली चलाने पर मजबूर थे,

लेकिन उनकी गोलियाँ खाना-पूरी के अलावा और कुछ नहीं होती थीं...कि निशाने पर होते हुए भी उनकी गोलियाँ क्रान्तिकारियों के आसपास से निकल जाती थीं या फिर उनके सिर पर से गुजर जाती थीं। और घंटों चलनेवाली मुठभेड़ के बाद भी क्रान्तिकारी साफ बचकर निकल जाते थे।

फिर भी सरकारी खजाना लूटने में हिन्दुस्तानी सिपाहियों की हत्या का खतरा तो था ही और हत्या नवीन की नज़र में जघन्य अपराध था। उसके साथियों का भी यही विचार था कि अपने देशवासियों पर गोली चलाने के बजाय अंग्रेज़ अफसरों को निशाना बनाया जाए।

"नवीन, हमलोग इतनी देर से बातें कर रहे हैं लेकिन तुम खामोश बैठे हो। आखिर बात क्या है ?" अनवर ने नवीन की ओर देखते हुए पूछा, "तुम्हारे चेहरे और आँखों में झलकती संजीदगी यह बता रही है कि तुम्हारा दिल और दिमाग किसी गहरी सोच में उलझा हुआ है। हमें बताओ कि वह उलझन आखिर है क्या ? शायद हम लोग उसे सुलझाने में तुम्हारी कुछ सहायता कर सकें।"

"उलझन वही है जिसमें आप सब लोग उलझे हुए हैं।" नवीन ने एक गहरी साँस ली, "धन का अभाव हमारे क्रान्तिकारी आन्दोलन के रास्ते में बाधक बन रहा है। हमारे देशवासियों की इस आन्दोलन से सहानुभूति है लेकिन वे हमें सहयोग न देने पर मजबूर हैं। क्योंकि अगर उन्होंने रुपए-पैसे से हमारी सहायता की तो ब्रिटिश हुक्मरानों को फौरन पता चल जाएगा, उनके जासूस शहर-शहर में ही नहीं घर-घर में मौजूद हैं।"

"फिर ऐसी सूरत में क्या किया जाए नवीन, तुम ही कोई रास्ता बताओ !" अनवर ने पूछा।

"परेशानी यह है कि अगर हम किसी सरकारी ठिकाने पर धावा बोलते हैं तो निश्चित रूप से उस खजाने के पहरेदार हमारी गोलियों से मारे जाएँगे। वे सभी हमारे देशवासी हैं। और मैं नहीं चाहता कि हमने जिन हथियारों को अंग्रेज अफसरों का खात्मा करने के लिए अपने हाथों में लिया है वे हथियार अपने ही देशवासियों पर उठें। इससे हमें धन भले ही मिल जाए लेकिन अपने देशवासियों की सहानुभूति से हम हाथ धो बैठेंगे। मरनेवालों के अनाथ बच्चे और बेसहारा परिवारजनों के आँसू और आहें

हमारे आन्दोलन के प्रति जनता की सहानुभूति ही नहीं, विश्वास भी छीन लेगी। और जिस आन्दोलन में देशवासियों का सहयोग न हो, उनकी शुभकामनाएँ और आशीर्वाद न हो, वह आन्दोलन कभी सफल नहीं हो सकेगा।''

''हमारा यह आन्दोलन देशवासियों को सदियों की गुलामी से आजादी दिलाने के लिए ही है। उन्हीं के हित और कल्याण के लिए है। फिर हम ऐसा कोई भी काम नहीं कर सकते जिससे देश और देशवासियों का अहित हो।'' चरण ने नवीन का समर्थन किया।

''आप लोगों को पता है कि रोज एक ट्रेन नौगाँव से रवाना होती है और रास्ते के स्टेशनों से रेलवे की पिछले दिन की आमदनी और डाक के थैले लेकर आती है। वह रात को लगभग दस बजे इस सामनेवाले स्टेशन पर पहुँचती है। उस ट्रेन में एक लोहे का मजबूत सेफ होता है, जिसकी चाबियाँ हेड क्वार्टर के कैशियर के पास होती हैं। स्टेशनों से रकम उसमें डाली तो जा सकती है लेकिन निकाली नहीं जा सकती। मुझे पता चला है कि उस सेफ में यहाँ तक आते-आते दस-पन्द्रह लाख रुपए इकट्ठे हो जाते हैं।''

''जरूर हो जाते होंगे। और फिर आजकल तो दुर्गा अष्टमी पर अपने-अपने घर जानेवालों की भीड़ बहुत रहती है। काफी टिकट बिकते हैं !'' एक साथी ने खुश होकर कहा।

''अगर साथियों को मेरा सुझाव मंजूर हो तो इस ऑपरेशन की कमान नवीन के ही हाथों में सौंप दी जाए।'' अनवर ने अपना सुझाव पेश किया।

''क्योंकि यह योजना नवीन के दिमाग की ही उपज है इसलिए वह इसकी बारीकियों को अच्छी तरह समझता है। मैं अनवर के सुझाव का समर्थन करता हूँ !'' शर्मा ने कहा।

सभी साथियों ने अनवर के सुझाव को स्वीकार कर लिया और ऑपरेशन की बागडोर नवीन के हाथों में सौंप दी।

''अब आप लोग मेरी पूरी योजना सुन लीजिए। और जो काम जिस-जिस साथी को सौंपा जाए वह अच्छी तरह याद कर ले और सोच-समझ ले कि उसे अपना काम किस तरह अंजाम देना है !'' नवीन ने कहा।

"ठीक है बताइए !" बंसल बोला।

"जब ट्रेन इस स्टेशन की ओर बढ़ती है, रास्ते में स्टेशन से लगभग चार मील पहले रेलवे लाइन के नीचे एक पुलिया है। उस पुलिया के नीचे पहुँचकर दत्तू डेटोनेटर सँभालेंगे और जैसे ही मैं टॉर्च से सिगनल दूँगा डेटोनेटर फायर करेगा !"

"फायर की आवाज होते ही ट्रेन की रफ्तार धीमी हो जाएगी। और पिछले स्टेशन से ट्रेन में सवार अनवर और दूसरे साथी—शर्मा, चरण और बंसल रुपयों से भरे सेफ वाले डिब्बे में पहुँचकर सेफ को ट्रेन से नीचे गिरा देंगे। और फिर उसे तोड़कर उसमें जो कुछ भी मिले उसे लेकर वहाँ से फरार हो जाएँगे...और बाकी हम लोग यात्रियों की सुरक्षा के लिए ट्रेन में चलनेवाले पुलिस के जवानों को सँभालेंगे।"

"ठीक है !" सभी साथियों ने एक स्वर से नवीन के कार्यक्रम का समर्थन किया।

नवीन की योजना के अनुसार ऑपरेशन की बारीक-से-बारीक तैयारी में सभी साथी जुट गए।

❐

तयशुदा दिन योजना के अनुसार सभी लोग अपनी-अपनी ड्यूटी पर तैनात हो गए।

नौगाँव की ओर से ट्रेन धड़धड़ाती चली आ रही थी। रात का अँधेरा चारों ओर फैला हुआ था। केवल ट्रेन के डिब्बों में लगे बल्वों की रोशनी जुगनुओं की तरह दोनों ओर खड़ी फसलों के ऊपर से गुजरती चली जा रही थी।

रात के दस बज चुके थे। ट्रेन में सवार कुछ यात्री सोए पड़े थे और कुछ सोने की तैयारी कर रहे थे।

अचानक एक जोरदार धमाके की आवाज़ हुई और उसके साथ ही धुएँ ने ट्रेन को दोनों ओर से ढँक लिया।

धमाके की आवाज के साथ ही ड्राइवर ने ट्रेन की रफ्तार धीमी कर

दी और रफ्तार धीमी होते ही ट्रेन में सवार नवीन के साथी हथौड़े वगैरह लिये सेफवाले डिब्बे में धड़धड़ाते हुए घुस गए।

धमाके की आवाज के साथ ही ट्रेन धीमी पड़कर रुक-सी गई। सेफ की सुरक्षा के लिए तैनात सिपाही ट्रेन के रुकने का कारण जानने के लिए डिब्बे से उतरकर नीचे आ गए और इंजन की ओर तेजी से चल पड़े।

नवीन के साथियों ने रुपयों से भरे भारी सेफ को घसीटकर डिब्बे के दरवाजे से नीचे फेंक दिया और फिर डिब्बे से कूदकर सेफ पर हथौड़ों की ताबड़-तोड़ बारिश करने लगे।

नवीन अपने कुछ साथियों के साथ ट्रेन के बाहर खड़ा चीख-चीखकर कह रहा था, "खबरदार ! कोई भी यात्री ट्रेन से उतरने या खिड़कियों और दरवाजे से बाहर झाँकने की कोशिश न करे।"

रुपयों से भरे सेफ की सुरक्षा के लिए एक अंग्रेज सार्जेंट भी ट्रेन में सवार था लेकिन अपने अंग्रेज और बड़ा अफसर होने के घमंड में वह पुलिस के सिपाहियों से अलग फर्स्ट क्लास कम्पार्टमेंट में बैठा हुआ था।

नवीन की कड़कती हुई आवाज सुनकर वह झपटकर दरवाजे पर आ गया। उसने अपना लोडेड रिवाल्वर निकाला और नवीन की आवाज की दिशा में फायर करते हुए जोर से चीख उठा, "सिक्योरिटी एलर्ट...फायर !"

अंग्रेज सार्जेंट की आवाज सुनते ही ट्रेन से नीचे उतरे हुए पुलिस के जवान बौखला उठे। उन्होंने हड़बड़ाकर अपनी-अपनी राइफलें सँभाली और अँधेरे में अन्धाधुन्ध गोलियाँ चलाने लगे।

दोनों ओर से गोलियाँ बरसने लगीं।

अचानक नवीन के किसी साथी की गोली अंग्रेज सार्जेंट के दाएँ कन्धे को चीरती हुई निकल गई। गोली लगते ही उसके हाथ से रिवाल्वर छूटकर अँधेरे में कहीं जा गिरा। उसके हलक से निकली दर्द-भरी चीख गूँज उठी।

अंग्रेज सार्जेंट के गिरते ही नवीन स्थिति को भाँप गया। उसने ऊँची आवाज़ में चीखकर पुलिस के जवानों से कहा, "पुलिस के जवानो, तुम लोग हिन्दुस्तानी हो। हमारे भाई हो। हम लोग डाकू या लुटेरे नहीं हैं। हम क्रान्तिकारी हैं। भारत माँ के बेटो ! भारत माँ की आजादी के नाम पर अपनी बन्दूकें फेंक दो...हम तुम पर ही नहीं, किसी भी यात्री पर गोली नहीं

चलाएँगे—देश को गुलाम बनानेवाली अपनी इन बन्दूकों को फेंक दो और देश की आजादी के लिए जंग करनेवाले क्रान्तिकारियों का साथ दो।"

तभी ट्रेन से गिरा अंग्रेज सार्जेंट उठा और एक सिपाही की राइफल छीनकर लँगड़ाते हुए उस ओर दौड़ने लगा जिस ओर सेफ पर नवीन के साथी हथौड़े बरसा रहे थे।

सेफ लगभग टूट चुका था।

तभी सार्जेंट की राइफल से निकली एक गोली दत्तू के पाँव में आकर लगी। उसके हलक से चीख निकल गई।

दत्तू की चीख पहचानते ही नवीन को गुस्सा आ गया। उसने अपनी माउजर का रुख सार्जेंट की ओर मोड़कर ट्रिगर दबा दिया। गोलियाँ सार्जेंट के सीने को चीरती हुई निकल गईं। वह कटे पेड़ की तरह धड़ाम से पटरी के साथ बिछी रोड़ियों पर जा गिरा।

सेफ टूट चुका था। अनवर और उसके साथियों ने गठरियों में सारी रकम बाँधी, पुलिस के जवानों की फेंकी हुई राइफलें समेटीं और इंकलाब जिन्दाबाद का नारा लगाते हुए अँधेरे में गुम हो गए।

नवीन के साथियों में से सिर्फ दत्तू के पाँव में गोली लगी थी। उसे दौड़ने में परेशानी हो रही थी। नवीन ने जल्दी से उसे अपनी पीठ पर लादा और अपने साथियों के पीछे-पीछे दौड़ने लगा।

ऑपरेशन सफल हो गया था।

❒

अभी सूरज की किरणें धरती पर पूरी तरह उतरी भी नहीं थीं कि शहर की सड़कें और गलियाँ अखबार बेचनेवाले हॉकरों की आवाजों से गूँज उठीं।

"क्रान्तिकारियों ने ट्रेन रोककर सरकारी खजाना लूटा—आज की ताजा खबर ! अंग्रेज सार्जेंट मारा गया ! पढ़िए-पढ़िए—आज की ताजा खबर पढ़िए !"

"क्रान्तिकारियों ने सरकारी खजाना लूट लिया !" हॉकरों की आवाज सुनते ही प्रवीन की आँखें खुल गईं। वह झपटकर बिस्तर से उतरा और

दरवाजा खोलकर सड़क पर आ गया।

उसने अखबार खरीदा और जल्दी-जल्दी पहले पेज पर छपी खबर पढ़ते हुए अन्दर आ गया।

हॉकरों की आवाजें सुनते ही घर के सभी लोग जाग उठे थे। और इस गर्मागर्म खबर को जानने के लिए उत्सुक थे।

प्रवीन ने जल्दी-जल्दी खबर पढ़ी और फिर अखबार अपने पिताजी के सामने रखकर बोला, ''पढ़िए बाबूजी, अपने नवीन का कारनामा।''

बाबू कुन्दनलाल ने जल्दी-जल्दी सरकारी खजाने की लूट की खबर पढ़ी तो उनका चेहरा खुशी से दमक उठा।

''सरकारी खजाना लूट लिया और अंग्रेज सार्जेंट को गोली से उड़ा दिया ! हुँ...यह हिंसा...'' प्रवीन ने आक्रोश भरे स्वर में कहा, ''क्या इस लूट-पाट और खून-खराबे से देश आजाद हो जाएगा ? दिमाग खराब हो गया है इन सिरफिरे नौजवानों का। अंग्रेज सार्जेंट की मौत हजारों हिन्दुस्तानियों की मौत का कारण बन जाएगी।''

''तो क्या तुम समझते हो कि तुम्हारे चरखा चलाने से ये अंग्रेज हिन्दुस्तान छोड़कर इंग्लैंड भाग जाएँगे ? देश की आजादी के लिए अपना सबकुछ न्योछावर कर देनेवाले टीपू सुल्तान, महारानी झांसी, मुगल बादशाह जफर और पेशवा नाना साहब पागल नहीं थे—लेकिन तुम लोगों की नजर में वे भी सिरफिरे ही थे। देश आजाद होता है बलिदानों से...न कि रामधुन गाते रहने से !'' बाबूजी ने अखबार एक ओर रखते हुए कहा। उन्हें प्रवीन की बात पर गुस्सा आ गया था।

''मैं कहता हूँ कि हिंसा का यह रास्ता गलत है,'' प्रवीन ने अपनी बात पर जोर देकर कहा, ''जिस ब्रिटिश साम्राज्य में कभी सूरज नहीं डूबता उस शक्तिशाली साम्राज्य की तोप, बन्दूकों का मुकाबला इन मुट्ठी-भर सिरफिरों के तमंचों और बन्दूकों से नहीं किया जा सकता। आज देश की आजादी का एक ही रास्ता है, अहिंसा का रास्ता ! नवीन और उसके साथी पागल हैं...बेवकूफ और नादान हैं।''

''देश के वे सारे नौजवान पागल हैं जो अपना सिर हथेली पर लिये इतनी बड़ी बरतानिया हुकूमत के खिलाफ लड़ रहे हैं। सही और समझदार

तो सिर्फ तुम लोग हो—अहिंसा का राग अलापनेवाले !" बाबूजी को गुस्सा आ गया, "गिड़गिड़ाकर माँगने पर तो दुर्योधन ने भी पांडवों को सुई की नोक बराबर धरती नहीं दी थी। हमारा देश तो बहुत बड़ा है।"

प्रवीन पिता की बात का कुछ प्रत्युत्तर देने ही वाला था कि तभी दरवाजे से एक आवाज सुनाई दी।

"तारवाला ! बाबू कुन्दनलालजी तार..."

"सरस्वती देखना किसका तार आया है ?" बाबू कुन्दनलाल ने पत्नी से कहा और दरवाजे की ओर देखने लगे।

"तार का नाम सुनते ही मेरा दिल तो घबराने लगता है, तुम्हीं जाकर ले लो तार। मैं चाय बना रही हूँ," सरस्वती झल्ला उठी थी, "तुझ बाप-बेटे के झगड़े में सुबह की चाय भी अभी तक कोई नहीं पी सका।"

बाबू कुन्दनलाल उठे और तार ले आए।

"जल्दी बताओ, किसका तार है ?" सरस्वती ने अधीरता और आशंका भरी आवाज में कहा। और फिर आँखें मूँदकर हाथ जोड़ते हुए बोली, "दया करना दीनानाथ, मेरी शान्ता बहू कुशल से हो। उसे मैके गए इतने दिन हो गए। उसकी खैरियत की कोई चिट्ठी अभी तक नहीं मिली।"

"तुम्हारी शान्ता बहू कुशल से है—पूरी तरह कुशल से है," बाबू कुन्दनलाल ने तार पढ़कर मुस्कुराते हुए कहा था, "तार में क्या लिखा है यह मैं तुम्हें तब बताऊँगा जब तुम चाय के साथ मिठाई खिलाओगी।"

"खिलाऊँगी बाबा, पहले खबर तो सुनाओ !" सरस्वती की बेताबी और बढ़ गई।

"तो सुनो ! तुम दादी बन गई हो—एक नन्हे-मुन्ने पोते की दादी !"

"तेरा लाख-लाख धन्यवाद भगवान..." सरस्वती ने दोनों हाथ जोड़कर खुशी से गद्‌गद होकर कहा।

❐

बच्चे के जन्म के एक-डेढ़ महीने बाद प्रवीन शान्ता को ससुराल से विदा कराकर घर ले आया। माँ-बेटा दोनों ही स्वस्थ थे। बाबू कुन्दनलाल नौकरी

से रिटायर हो चुके थे। मुन्ना के रूप में उन्हें दिल बहलाने का एक साधन मिल गया। वह सारा दिन मुन्ना को खिलाते रहते। मुन्ना उनकी गोद का इतना आदी हो गया था कि जैसे ही वह अपनी गोद से उतारते थे, मुन्ना रोने लगता था।

आज मुन्ना को दूध पिए काफी देर हो चुकी थी इसलिए बाबू कुन्दनलाल उसे शान्ता के कमरे में बिस्तर पर लिटा आए।

शान्ता मुन्ना को दूध पिलाने लगी लेकिन मुन्ना था कि रोए चला जा रहा था।

"बहू, मैंने दूध उबाल दिया है। मुन्ना के लिए यह ताजा दूध ले जा।" सरस्वती ने रसोईघर से आवाज दी।

"आई माँ जी।" शान्ता ने कहा और मुन्ने को पालने में लिटाकर बाहर आ गई।

"लो अखबार पढ़ो," सरस्वती ने अखबार शान्ता की ओर बढ़ाते हुए कहा, "मुझे तो पूरा-पूरा यकीन है कि यह ट्रेन डकैती तुम्हारे देवर नवीन और उसके साथियों का ही कारनामा है। ट्रेन में रखा सरकारी खजाना लूटकर नवीन ने अपने देश-प्रेम का एक सबूत और दे दिया।"

"लेकिन अम्मा, इस ट्रेन डकैती में एक अंग्रेज सार्जेंट भी किसी लुटेरे की गोली से मारा गया है।" प्रवीन ने घृणा-भरी आवाज में बताया, "यह तो जघन्य अपराध है !"

शान्ता को पति की यह बात बहुत अखरी। उसने कुछ कहे बिना अखबार उठाया और अपने कमरे में चली गई।

और कमरे में पहुँचते ही जैसे ही उसने अपनी नजर पालने पर डाली, उसका दिल धक्क से रह गया।

मुन्ना पालने में नहीं था।

घर में बाबूजी, अम्मा और प्रवीन के अलावा और कोई नहीं था। वह उन तीनों को आँगन में छोड़कर आ रही थी, फिर मुन्ना कहाँ गया ?

उसने अखबार अपने बिस्तर पर फेंक दिया और बदहवासी में उसकी चीख निकलने ही वाली थी कि तभी उसे किसी की दबी-दबी खिलखिलाहट सुनाई दी। साथ ही मुन्ना की किलकारी भी उसके कानों में टकराई।

वह उछलकर खड़ी हो गई और पिछले दरवाजे की ओर देखने लगी।

दूसरे ही पल उसकी आँखों में मचलते दुख और चिन्ता-भरे आँसू खुशी के आँसुओं में बदल गए।

''लो भाभी, सँभालो अपने मुन्ना को...'' नवीन ने मुन्ना को शान्ता की गोद में देकर उसके पाँव छूते हुए कहा, ''बड़ा शैतान है यह मुन्ना। मैंने कितनी देर तक इसे समझाया कि मुन्ना मुझे अच्छी तरह पहचान ले। मैं तेरा चाचा हूँ—लेकिन यह रोता ही रहा। फिर मैंने इसे समझाया कि मैं जो कुछ कर रहा हूँ तेरे सुहाने भविष्य के लिए ही कर रहा हूँ, हम रहें न रहें, लेकिन एक न एक दिन हमारी कुर्बानियाँ हमारे देश को इस जालिम अंग्रेजी सरकार की गुलामी से जरूर मुक्त कर देंगी...तू आजाद देश की आजाद हवा में साँस लेगा, पलेगा, बढ़ेगा।''

शान्ता ने जल्दी-जल्दी अपनी भीगी आँखें पोछ डालीं और प्यार तथा ममता-भरी नजरों से नवीन की ओर देखने लगी।

''और भाभी, तुम हैरान होगी कि मेरी इस बात को सुनकर मुन्ना ने रोना बन्द कर दिया और मेरी ओर टुकुर-टुकुर देखते हुए किलकारी भरने लगा !'' नवीन ने खुशी-भरी आवाज में मासूमियत से कहा।

''यानी मुन्ना ने भी तुम्हारी इस ट्रेन डकैती का समर्थन कर दिया !'' शान्ता ने मुस्कुराते हुए कहा, ''मुन्ना को पालने में न देख मैं तो बहुत ही घबरा गई थी लालाजी। सोच में पड़ गई थी कि इतनी-सी देर में ही कौन आ गया इस कमरे में और मुन्ना को उठाकर ले गया। आपके आने की तो कोई उम्मीद थी ही नहीं।''

''अखबार में ट्रेन डकैती की खबर पढ़कर आप लोगों ने सोचा होगा कि जिले भर की पुलिस डाकुओं की तलाश में चारों ओर फैल गई होगी और उसकी आँखों में धूल झोंकना आसान नहीं होगा,'' नवीन ने कहा, ''अगर बच निकलने में मुझे कुछ देर हो जाती तो शायद मैं मुन्ना को देखने के लिए यहाँ तक नहीं आ पाता। मुन्ना को देखने की बड़ी साध थी भाभी ! जब से इसके आने की खबर सुनी थी उसी दिन से इसे देखने के लिए बेचैन था। अब मेरा कुछ भी हो, चिन्ता नहीं। अपने मुन्ना को देख लिया। जी भरकर प्यार कर लिया।''

"अम्मा-बाबूजी को बुलाऊँ ?" शान्ता ने पूछा।

"नहीं भाभी, किसी को बुलाने की जरूरत नहीं है। अम्मा से भी बड़ी, मेरी एक और माता है–भारतमाता।"

"जानती हूँ लालाजी, अच्छी तरह जानती हूँ। आपको देखकर मेरा सिर गर्व से ऊँचा हो जाता है। जिस देश में आप जैसे सपूत हों, उस देश में माँ बनना साधारण गर्व की बात नहीं है लालाजी। बड़ा होकर मुन्ना भी अपने चाचा पर गर्व करेगा। अपने साथियों से कहा करेगा–भारतमाता की गुलामी की जंजीर काटने में मेरे चाचा का भी योगदान था।"

"छोड़ो भाभी, मैं तो देश की आजादी के लिए युद्ध करनेवाली सेना का एक मामूली-सा सिपाही हूँ।"

"आप बैठिए। मैं आपके खाने के लिए कुछ ले आऊँ !"

"नहीं भाभी, मेरे पास वक्त नहीं है। मुझे फौरन जाना है। पुलिस मेरी और मेरे साथियों के खून की प्यासी हो गई है क्योंकि हमारी गोलियों से एक अंग्रेज सार्जेंट मारा गया है।"

"एक बात कहूँ लालाजी !" शान्ता ने अचानक कुछ याद आते ही कहा, "होली आ रही है, क्या भाभी के साथ होली खेलने नहीं आओगे ?"

"अगर आ सका तो...।"

"नहीं, मुझे वचन दो कि होली पर जरूर आओगे !"

"कैसे वचन दूँ भाभी," नवीन की आवाज उदास हो उठी, "खून की होली खेलते-खेलते किधर चला जाऊँ या किसी गोरे की रिवाल्वर का..."

"नहीं-नहीं, ऐसा मत कहिए लालाजी," शान्ता ने नवीन के मुँह पर अपनी हथेली रख दी, "मुझे अपने भगवान पर पूरा-पूरा विश्वास है। तुम्हारा बाल भी बाँका नहीं होगा।"

"आपका यह आशीर्वाद हर संकट में मेरी सहायता और रक्षा करेगा भाभी !" नवीन ने कहा और मुन्ना को शान्ता की गोद से लेकर प्यार करने लगा।

शान्ता की आँखों में ममता, मोह और स्नेह की अधिकता से आँसू छलछला उठे।

"लो भाभी, सँभालो मुन्ना को !" नवीन ने मुन्ना को शान्ता की गोद

में दे दिया, "अब मुझे विदा दो भाभी।"

"नहीं लालाजी, वचन दिए बिना आप यहाँ से जा नहीं सकते !" शान्ता बोली, "वचन दीजिए कि जब तक मैं जिन्दा हूँ आप हर बरस मेरे साथ होली खेलने के लिए आते रहेंगे।"

"ठीक है भाभी, मैं वचन देता हूँ !" नवीन ने कहा और फिर दरवाजे से निकलकर बोला, "लेकिन भाभी, तभी...जब किसी गोरे की गोली..."

"नहीं-नहीं..." शान्ता के मुँह से निकला और जब तक उसे विदा करने वह दरवाजे तक पहुँची, नवीन आँखों से ओझल हो चुका था।

❑

आजादी का दीवाना नवीन माता-पिता और बड़े भाई से मिले बिना ही चला गया। ऐसा नहीं था कि उनके प्रति उसके हृदय में मौजूद ममता, मोह, स्नेह और सम्मान के स्रोत सूख गए थे, केवल अन्तर यह हुआ था कि उन सभी स्रोतों की दिशा इन सबकी ओर से हटकर मातृभूमि की ओर मुड़ गई थी। देश की स्वाधीनता उसके जीवन का प्रमुख और अन्तिम लक्ष्य बन गया था।

और इस लक्ष्य की ओर बढ़ते हुए नवीन के कदम जैसे घर की ओर आनेवाले रास्ते को ही भूल गए। वह अपनी भाभी शान्ता को दिए गए वचन का पालन नहीं कर पाया। देश की आज़ादी की मशाल थामे, आजादी की अलख जगाता, वेश बदल-बदलकर कश्मीर से लेकर कन्याकुमारी तक और आसाम की पहाड़ियों से लेकर राजस्थान की मरुभूमि तक चक्कर काटता रहा। उसने देश के कोने-कोने में एक-एक हिन्दुस्तानी के दिल में आजादी के लिए एक ऐसी आग जला दी, जो धीरे-धीरे प्रचंड ज्वाला का रूप धारणा करती चली गई। क्रान्तिकारियों की हुँकारों और इन्कलाब जिन्दाबाद का विजय घोष भारत के कण-कण से प्रतिध्वनित हो उठा। ब्रिटिश सरकार नवीन के खून की प्यासी बन गई। "नवीन को गिरफ्तार किया जाए...उसे जिन्दा या मुर्दा किसी भी सूरत में हमारे सामने लाया जाए !" भारत पर राज्य करनेवाले अंग्रेज गवर्नर ने हुक्म दिया !

"जो भी नवीन को जिन्दा या मुर्दा लेकर आएगा, ब्रिटिश हुकूमत उसे इतना इनाम देगी कि उसकी आनेवाली सात पीढ़ियाँ सुख और सम्मान के साथ अपनी जिन्दगी बसर कर सकेंगी। जमीन, जायदाद, सम्मान, पदवी सभी कुछ मिलेगा।"

और ब्रिटिश हुक्मरान की इस घोषणा को सुनकर सैकड़ों लालची-स्वार्थी लोग अंग्रेजों के पालतू कुत्तों की तरह नवीन की गन्ध सूँघने के लिए देश के कोने-कोने में सक्रिय हो गए। लेकिन वे नवीन तो क्या, उसकी छाया तक को नहीं छू पाए। आजादी का सिंहनाद करता नवीन पूरे देश में घूमता रहा। उसे वेश परिवर्तन में इतनी कुशलता मिल गई थी कि अगर वह वेश बदलकर जन्म देनेवाली अपनी माँ के सामने भी आ खड़ा हो, तो वह भी उसे एकाएक पहचान न पाती।

नवीन और उसके साथियों द्वारा देश के जन-जन के मन में सुलगाई आजादी की आग की लपटें जैसे-जैसे बढ़ती जा रही थीं, ब्रिटिश सरकार के दमनचक्र की गति भी बढ़ती जा रही थी। सारा शासन क्रान्तिकारियों की खोज में जैसे पागल हो उठा था। उनकी तलाश में पुलिस और सेना, उनकी सूचना मिलते ही धावा बोल देती लेकिन क्रान्तिकारी उनकी आँखों में धूल झोंककर सुरक्षित निकल जाते।

❒

मुन्ना छह वर्ष का हो चुका था। शान्ता एक बच्ची की भी माँ बन चुकी थी। उसकी उम्र चार वर्ष थी। अपने छोटे बेटे के वियोग में अम्मा और बाबूजी को वक्त से पहले ही बुढ़ापे ने घेर लिया था। प्रवीन अपने स्कूल का हेडमास्टर हो गया था। छोटे भाई नवीन के मन में अंग्रेजी सरकार के लिए जितना आक्रोश था, बड़ा भाई प्रवीन अंग्रेज सरकार का उतना ही शुभचिन्तक था।

दोनों भाइयों में जबर्दस्त विरोधाभास था। प्रवीन जितनी देर भी घर में रहता, नवीन की बुराइयाँ करता रहता। वह केवल गांधीवादी ही नहीं था, सरकारी नौकर होने के कारण सरकार के अन्यायों का विरोध कर पाने

की शक्ति भी उसमें नहीं थी। हिंसात्मक रवैए से तो दूर, वह गांधीजी के अहिंसात्मक ढंग से भी सरकार के विरुद्ध मुँह नहीं खोल पाता था।

शान्ता की पूरी सहानुभूति नवीन के साथ थी। वह मानती थी कि हथियार से ही हथियार का सामना किया जा सकता है। रात-दिन रामधुन गाते हुए, चरखा चलाते रहने से देश को स्वाधीनता कभी नहीं मिलेगी। वह रात-दिन विविध अन्तर्द्वन्द्वों में घिरी रहती थी। एक ओर पति की अहिंसक विचारधारा थी और दूसरी ओर देवर नवीन के देश की आजादी के लिए किए जा रहे हिंसात्मक क्रान्तिकारी प्रयास। उसे लगता था जैसे वह दो ऐसे विरोधी पाटों के बीच फँस गई है जिनमें से एक पाट की दिशा पूर्व की ओर है और दूसरे की पश्चिम की ओर लेकिन इन परस्पर विरोधी पाटों से मुक्त होने का कोई भी उपाय वह खोज नहीं पा रही थी।

पिछले छह वर्षों में एक दिन के लिए भी नवीन घर नहीं आ पाया था। हाँ, अखबारों में पढ़कर ही उसकी गतिविधियों का पता जरूर चल जाता था। ब्रिटिश सरकार अन्य क्रान्तिकारियों की अपेक्षा नवीन को अपना सबसे बड़ा दुश्मन मानती थी। उसके गुप्तचर देश के कोने-कोने में नवीन को खोजते फिर रहे थे लेकिन नवीन का कहीं कोई पता नहीं था। कुछ सरकारी अफसरों का विचार था कि नवीन भारत छोड़कर रूस जैसे किसी देश में भाग गया है, और वहीं से अपने क्रान्तिकारी आन्दोलन का संचालन कर रहा है, वरना क्रान्तिकारियों के पास आधुनिक हथियार कहाँ से आते हैं ?

❐

शान्ता को सरकारी जासूसों की इतनी चिन्ता नहीं थी जितनी अपनी आस्तीन के साँप की थी। हवेलीवाली मुकदमा लोअर कोर्ट से तो छह-सात बरस पहले ही हार चुकी थी। उसने हाईकोर्ट में अपील कर रखी थी। जो एक बार खारिज हो चुकी थी। इस बार उसने देश के नामी बैरिस्टर के अलावा इंग्लैंड के एक अंग्रेज बैरिस्टर की मदद से फिर अपील दायर की थी। जिसे हाई कोर्ट ने मंजूर कर लिया था लेकिन उस अपील में भी काई

दम नहीं था। लाखों रुपए पानी में बहाकर भी हवेलीवाली को यकीन नहीं था कि वह हाईकोर्ट से मुकदमा जीत पाएगी !

मुकदमे के हार जाने के गम में हवेलीवाली और उसका पालतू गुंडा चौरंगी रात-दिन नवीन के घर पर आँखें टिकाए बैठे रहते थे कि अगर नवीन की परछाईं भी उन्हें दिखाई दे जाए, तो वे फौरन पुलिस को सूचना दे दें। नवीन की गिरफ्तारी के लिए सरकार ने पचास हजार के इनाम की घोषणा कर रखी थी। हवेलीवाली सोचती थी कि नवीन को गिरफ्तार करा देने पर अंग्रेज सरकार की भली बन जाएगी और इनाम के पैसे से मुकदमे में किए गए खर्च की काफी भरपाई हो जाएगी।

छह होलियाँ आईं और वक्त की रफ्तार के साथ ही बीत गईं। हर होली एक कसक, एक टीस बनकर शान्ता के दिल की गहराई में उतरती चली गई।

नवीन नहीं आ सका।

❐

विवाह के बाद यह सातवीं होली थी। सारे शहर में त्योहार की धूमधाम थी। होली का हंगामा था। घर में भी होली का त्योहार हर वर्ष की तरह परम्परागत ढंग से मनाया जा रहा था। शान्ता के स्नेहिल स्वभाव ने उसे मुहल्ले भर की लड़कियों और लड़कों की चहेती भाभी बना दिया था। वे सब उसे बेहद प्यार भी करते थे और उसका सम्मान भी करते थे। हर वर्ष वे सब शान्ता के घर आकर इकट्ठे हो जाते। शान्ता से होली खेलने का आग्रह करते, लेकिन शान्ता उन्हें यह कहकर समझा देती कि होली खेलने से ज्यादा उसे उन लोगों को होली खेलते देखकर आनन्द आता है। लेकिन हर साल उसे लगता था कि नवीन अचानक ही आ जाए, और इसी आशा से शान्ता हर साल तरह-तरह के रंग बड़े-बड़े ड्रमों में घोलती। तरह-तरह के रंगों के गुलाल थालों में भरकर रखती। लेकिन नवीन न आता। उन्हीं रंगों और गुलालों से मुहल्ले भर के लड़के-लड़कियाँ होली खेलते। और शान्ता एक ओर बैठी उन्हें देखती रहती। चेहरे पर उदासी और आँखों में

इन्तजार लिये।

हर साल की होली की तरह आज भी शान्ता के घर का आँगन मुहल्ले के जवान लड़के-लड़कियों और बच्चों से भरा हुआ था। सब बड़े उत्साह और उछाह से एक-दूसरे पर रंग डाल रहे थे। गुलाल मल रहे थे।

"बहू, शादी के बाद से अब तक जितनी भी होलियाँ आई हैं, तूने रंग और गुलाल को हाथ तक नहीं लगाया है। नवीन के इन्तजार में तूने होली खेलना ही छोड़ दिया है। पता नहीं कहाँ होगा ! पिछले पाँच बरस से कोई खैर-खबर भी नहीं मिली उसकी। अब उसका इन्तजार करना बेकार है। घर में तेरी ननद मंजू है, बेटा मुन्ना है, मुन्नी बेटी है। इनके साथ होली खेल। साल भर का त्योहार इस तरह उदास होकर नहीं मनाया जाता बेटी..." सरस्वती ने शान्ता के कन्धे पर हाथ रखते हुए कहा।

"नहीं अम्मा जी, मैं नहीं खेलूँगी होली..." शान्ता की उदासी में डूबी आवाज निकली, मैंने नवीन लालाजी से वायदा किया था कि मैं उन्हीं के साथ होली खेलूँगी।"

सरस्वती दुखी मन लिये अन्दर चली गई।

❒

तभी किसी ने डफ पर ताल दी और होली का एक उल्लास भरा गीत गूँज उठा।

डफ बजाकर गानेवाले की आवाज सुनते ही शान्ता चौंक पड़ी...उसने जल्दी से नजर उठाकर डफ बजानेवाले की ओर देखा।

"निश्चय ही यह आवाज लालाजी की है !" उसका मन एकदम कह उठा और वह झपट कर डफ बजानेवाले नौजवान के सामने आ खड़ी हुई।

उस नौजवान का केवल चेहरा ही नहीं सारा शरीर तरह-तरह के रंगों से इस हद तक पुता हुआ था कि उनकी नाक, होंठ और आँखें तक उन रंगों में छिप गई थीं।

नौजवान ने शान्ता को देखते ही गाते-गाते झूमकर उसके पैर छुए और पैरों पर ढेर सारा गुलाल उड़ेल दिया।

नौजवान की इस हरकत से शान्ता उसे पहचान गई। वह नवीन ही था, जो छह बरस के बाद उसके साथ होली खेलने आया था। शान्ता की खुशी की कोई सीमा नहीं रही। उसने एक टब रंग भरा और नवीन पर उड़ेल दिया और फिर उसके चेहरे पर रंग और गुलाल मल दिया कि रही-सही कसर भी पूरी हो गई।

और होली जैसे अपने पूरे रंग पर आ गई...गली-मोहल्ले के देवरों और ननदों ने शान्ता भाभी को पहली बार होली खेलते देखा तो उनका उत्साह और मस्ती आसमान छूने लगी ! तभी पड़ोस के सतीश बाबू ठंडाई का ड्रम उठवाकर ले आए...उन्होंने बाबूजी और प्रवीन को भी घसीट लिया। बहू को होली खेलते देख सरस्वती का मन भी खिल उठा, वह समझ गई कि जरूर ही उसका बेटा नवीन आ गया है। वह न आया होता तो शान्ता होली नहीं खेलती। लेकिन सबके चेहरे रंगों से इतने पुते हुए थे कि किसी को भी पहचानना मुश्किल था !

और उधर होली का हंगामा सुनकर हवेलीवाली ने खिड़की खोली तो शान्ता को होली खेलते देख, उसका माथा ठनका...

उसका पालतू गुंडा चौरंगी उसके पीछे खड़ा आँखें फाड़-फाड़कर होली खेलते लोगों को देख रहा था।

शान्ता नवीन को इशारे से एक कमरे में ले गई। उसने होली के पकवान नवीन के सामने रख दिए। नवीन जल्दी-जल्दी खाने लगा।

❐

तभी घर के बाहर भारी बूटों की आवाज गूँज उठी। चौरंगी ने जल्दी से अपनी मालकिन के कान में कहा, "खिड़की बन्द कर दीजिए मालकिन, पुलिस आ गई है।"

हवेलीवाली ने खिड़की तो बन्द कर दी लेकिन वहीं खड़ी रही। उसने और चौरंगी ने खिड़की के रंध्रों से आँखें टिका दीं।

कुछ सेकेंड बाद ही सार्जेंट टाम अपने सिपाहियों के साथ आँगन में पहुँच गया।

"सार्जेंट साहब, आज होली का त्योहार है। आप इसे खराब करने पर क्यों तुले हुए हैं ?" बाबू कुन्दनलाल ने शिकायत-भरे अन्दाज में कहा।

"हमें खबर मिली है, नवीन यहाँ आया है !" सार्जेंट टाम ने अपना रिवाल्वर लहराते हुए कहा।

"सब लोग यहीं हैं। अभी तक कोई भी यहाँ से बाहर नहीं गया है," शान्ता ने आगे बढ़कर कहा, "तलाश कर लीजिए इनमें से नवीन को।"

सार्जेंट टाम होली खेलनेवालों के चेहरे को बड़े ध्यान से देखने लगा। सभी के चेहरों पर रंग और गुलाल पुता हुआ था इसलिए उन्हें पहचान पाना कठिन था।

एक-एक के चेहरे देखते हुए वह प्रवीन के सामने पहुँचकर रुक गया। प्रवीन और नवीन सगे भाई थे। उनके चेहरे हालाँकि मिलते-जुलते नहीं थे, फिर भी उनके चेहरों में एक जैसी झलक दिखाई देती थी।

सार्जेंट टाम ने प्रवीन का बाजू पकड़ लिया।

"सार्जेंट, मैं नवीन नहीं प्रवीन हूँ।...नवीन का बड़ा भाई।"

"हमको बहकाने की जरूरत नहीं है—हमारी नजरों को तुम धोखा नहीं दे सकता !" सार्जेंट टाम ने कड़ककर कहा, "हम तुमको अच्छी तरह पहचानता है। तुम नवीन हो ! झूठ मत बोलो...हमको धोखा मत दो !"

"आपको धोखा हो रहा है सार्जेंट साहब," शान्ता ने आगे बढ़कर कहा और फिर शान्ता को तो मौका मिल गया था, नवीन को सही सलामत भगा सकने के लिए, वह नवीन से बोली, "जाओ, अन्दर से बाल्टी भरकर पानी और साबुन ले आओ।"

नवीन शान्ता का इशारा समझकर दौड़ता हुआ भीतर चला गया।

"हम अभी तुम्हारा मुँह धुलवाएगा, समझा न," सार्जेंट टाम बोला। फिर शान्ता की ओर मुड़कर कहने लगा, "ऐ औरत, जल्दी पानी मँगाओ।"

शान्ता ने मुड़कर जोर से कहा, "जल्दी ले आओ पानी, सार्जेंट साहब को देर हो रही है।"

"तुम हमारे को बेवकूफ बनाता है," सार्जेंट टाम ने रिवाल्वर की नाल प्रवीन के सीने पर टिकाते हुए कहा, "अब हम तुम्हारे को फाँसी के तख्ते

तक पहुँचाएगा। तुम समझता है कि चेहरे पर मूँछें चिपकाकर हमको धोखा दे देगा।''

''यकीन कीजिए सार्जेंट, मैं नवीन नहीं उसका बड़ा भाई प्रवीन हूँ !'' प्रवीन ने बड़ी दृढ़ता से कहा।

''ऐ औरत, फौरन पानी लाओ...और साबुन भी !'' सार्जेंट ने शान्ता की ओर मुड़कर हुकुम दिया।

''अभी लाई,'' शान्ता ने कहा और तेजी से उस तरफ चली गई जिधर नवीन गया था।

नवीन एक खिड़कीं के पास खड़ा था।

''तुम अभी तक यहीं खड़े हो...जल्दी से निकल जाओ यहाँ से !'' शान्ता ने खिड़की खोल दी।

''कहीं भैया को कुछ हो गया तो...?''

''तुम उनकी चिन्ता मत करो। मैं साबुन और पानी ले जा रही हूँ। मुँह धुलते ही सार्जेंट को पता चल जाएगा कि वह तुम नहीं हो !'' शान्ता ने फुसफुसाकर कहा, ''जल्दी निकल जाओ...देर हो गई तो अनर्थ हो जाएगा...जल्दी निकल जाओ।''

शान्ता ने नवीन को वह बुर्का थमा दिया जिसे वह ट्रेन में छोड़ गया था।

नवीन ने बुर्का ओढ़ा और खिड़की के रास्ते धीरे से गली में उतर गया। दोनों ओर खड़े जवानों के बीच वह तीन फुट चौड़ी तंग और अँधेरी गली थी। नवीन इन गलियों से अच्छी तरह परिचित था। बचपन से इन्हीं गलियों में खेलकर बड़ा हुआ था। जब तक शान्ता पानी और साबुन लेकर बाहर गई तब तक नवीन पंजों के बल दौड़ता हुआ दूर जा चुका था।

❐

शान्ता ने पानी से भरी बाल्टी और साबुन सार्जेंट के आगे रखते हुए कहा, ''लो सार्जेंट, ले आई पानी...साबुन भी ले आई हूँ, धुलवा दो इनका मुँह और पहचान लो कि यह कौन हैं, नवीन हैं या उसके बड़े भाई।''

सार्जेंट टाम ने दो जवानों को हुक्म दिया कि प्रवीन के चेहरे पर लगे रंग और गुलाल को साबुन से रगड़-रगड़कर एकदम साफ कर दे।

दोनों जवानों ने साबुन मल-मलकर प्रवीन का चेहरा बिल्कुल साफ किया।

सार्जेंट टाम ने जेब से नवीन का फोटो निकाला और प्रवीन के चेहरे से मिलाने लगा।

प्रवीन का चेहरा नवीन के चेहरे से बिलकुल नहीं मिल रहा था।

सार्जेंट टाम के दिल को जोरदार धक्का लगा। वह समझ गया कि उससे कुछ बड़ी भूल हो गई है। अपने रिवाल्वर को होल्सटर में रखते हुए बड़ी विनम्रता से बोला, ''आई एम सारी हेडमास्टर—आई एम वैरी सॉरी मैडम।''

''सार्जेंट, आपने तो सॉरी बोलकर छुट्टी पा ली लेकिन हमारे साल-भर के त्योहार का सारा मजा किरकिरा कर दिया !'' शान्ता ने इत्मीनान की साँस लेकर कहा।

सार्जेंट टाम गर्दन झुकाए दरवाजे की ओर बढ़ने लगा। लेकिन दरवाजे से निकलते-निकलते जैसे उसे कुछ याद आ गया। पलटकर बोला ''हेडमास्टर, हमारे को नवीन के बारे में कुछ पूछताछ करने का है। आप हमारे साथ चलिए।''

''चलिए न।'' प्रवीन ने कहा और सार्जेंट टाम के साथ चल दिया।

❐

''नवीन कहाँ है ?'' सार्जेंट टाम ने पुलिस स्टेशन में पहुँचते ही प्रवीन से पूछा।

''मुझे पता नहीं कहाँ है नवीन—वह तो पाँच-छह साल से घर आया ही नहीं है !'' प्रवीन ने सार्जेंट को यकीन दिलाने की कोशिश की।

''आज वह तुम्हारे घर आया था। हमारे पास पुख्ता खबर है !'' सार्जेंट ने प्रवीन की गर्दन पकड़ ली और उसे झँझोड़ते हुए बोला, ''तुम झूठ बोलता है...सच बोलो—कहाँ है नवीन ?''

''मैंने कहा न...!'' प्रवीन ने अटक-अटककर कहा।

''हवलदार, हैडमास्टर को सच बोलना सिखाओ !'' सार्जेंट टाम गुस्से से चीख उठा।

कई कांस्टेबलों ने झपट्टा मारकर प्रवीन को दबोच लिया और उसे जमीन पर डाल कर उसकी पिटाई करने लगे।

प्रवीन ने अपने पिता तक से कभी एक चाँटा तक नहीं खाया था। सिपाहियों के डंडे और लाठियों की मार तथा उनके भारी-भरकम बूटों की ठोकरों को वह ज्यादा देर तक बर्दाश्त नहीं कर पाया। देखते-देखते बेहोश होकर एक ओर लुढ़क गया।

''इसे होश में लाओ !'' सार्जेंट टाम ने सिपाहियों को हुक्म दिया।

ठंडे पानी के छींटे पड़ने पर प्रवीन की बेहोशी तो दूर हो गई लेकिन उसका बुरा हाल था।

''बताओ ! कहाँ है नवीन ?'' सार्जेंट ने प्रवीन के बाल पकड़कर उसका सिर सीमेंट के फर्श पर दे मारा।

सिर के फर्श से टकराते ही प्रवीन की आँखों के आगे अँधेरा छा गया।

सामने नाचती मौत के भयानक चेहरे को देखते ही वह चीख पड़ा, ''नहीं, नहीं, मुझे मत मारो...बताता हूँ...बताता हूँ...!''

''जल्दी बताओ !'' सार्जेंट टाम अपनी डायरी और कलम लेकर उसके पास आ बैठा।

प्रवीन दबी-दबी चीखों और कराहटों के बीच अटक-अटककर बताने लगा।

सार्जेंट टाम ने उसके मुँह से निकले एक-एक शब्द को अपनी डायरी में नोट किया और डायरी जेब में रखकर उठ खड़ा हुआ।

''इसे इसके घर पहुँचा दो !'' उसने सिपाहियों को हुक्म दिया।

चार सिपाहियों ने घावों और चोटों से लगभग बेहोश प्रवीन को एक गाड़ी में डाला और उसे घर पटक आए।

प्रवीन की हालत देखते ही सब लोग चीखें मारकर रोने लगे।

उनकी चीखों और रोने की आवाज सुनकर हवेलीवाली ने जल्दी से खिड़की खोली। सामने ही आँगन में प्रवीन पड़ा था। उसके बदन पर चोट

के नीले-नीले निशान थे, जगह-जगह घाव थे जिनसे खून वह रहा था।

हवेलीवाली ने सन्तोष की एक गहरी साँस ली और फटाक से खिड़की बन्द कर दी।

❐

सार्जेंट टाम और उसके सिपाहियों ने प्रवीन की बुरी तरह पिटाई की थी। उसे जमीन पर पटककर लाठियों और डंडों से रुई की तरह धुन डाला था। अपने भारी-भरकम बूटों के साथ उसके बदन पर कूद-कूदकर, ठोकरें मार-मारकर उसके सारे बदन को नीला कर डाला था।

जब पुलिस के सिपाही उसे घर छोड़ गए तो उसकी हालत देखकर घरवाले सकते में आ गए। आँखों के आगे अँधेरा छा गया। प्रवीन लगभग बेहोश था। उसका पूरा शरीर बेतों और लाठियों की मार से सूजकर नीला पड़ गया था। जगह-जगह छोटे-बड़े अनेक घाव थे, कुछ घावों से खून बहकर जम चुका था और कुछ ताजा घावों से अभी तक खून रिस रहा था।

''सार्जेंट तो प्रवीन को पूछताछ के लिए ले गया था। क्या इतनी बुरी तरह मार-पीटकर पूछताछ की जाती है ?'' बाबू कुन्दनलाल ने बेबसी, दुख और चिन्ता से बोझिल आवाज में कहा।

''यह अंग्रेज इंसान नहीं शैतान हैं, न जाने मेरे बेटे की जान कहाँ अटकी रह गई वरना उस कसाई ने तो इसे मार डालने में कोई कसर ही नहीं छोड़ी थी !'' प्रवीन के घायल जिस्म पर हाथ फेरते हुए माँ बिलख उठी।

लेकिन शान्ता ने अपनी आँखों में छलकते आँसुओं को बाहर नहीं आने दिया। उसने तत्काल डॉक्टर को बुलाया और पति की दवा-दारू और देखभाल में लग गई।

दो-तीन दिन के बाद प्रवीन ने धीरे से कराहते हुए आँखें खोल दीं और फिर जोर से चीख उठा, ''नहीं, नहीं, मुझे मत मारो...मुझे मत मारो...''

शान्ता ने उसे सँभालकर फिर लिटा दिया और उसके माथे पर हाथ फेरती हुई बोली, ''आप पुलिस स्टेशन में नहीं, अपने घर में हैं—यहाँ

आपको कोई मारेगा-पीटेगा नहीं। मैं हूँ आपके पास...''

शान्ता की आवाज सुनकर प्रवीन उसके चेहरे को देखने लगा। धीरे-धीरे उसकी चेतना लौटने लगी। वह कुछ देर बाद उसके चेहरे को देखता रहा और फिर धीरे से बोला, ''शान्ता...!''

''अब कैसी तबीयत है आपकी ?'' शान्ता ने अपने आँसू पोंछकर उसके चेहरे पर झुकते हुए पूछा।

''ठीक ही है...'' प्रवीन ने भरी-भरी आवाज़ में उत्तर दिया।

''सार्जेंट टाम ने तो कहा था कि वह आपको कुछ पूछताछ करने के लिए ले जा रहा है। फिर उसने आपको इतनी बुरी तरह मारा क्यों ?'' शान्ता की आवाज में उसके मन का दबा हुआ आक्रोश उभर आया।

''वह नवीन का पता जानना चाहता था।''

''क्रान्तिकारियों के भी कोई पते-ठिकाने होते हैं क्या ?'' शान्ता ने पूछा।

''आखिर कहीं तो रहते ही हैं, यह लोग भी...और इनकी बम वगैरह बनाने की अंडरग्राउंड फैक्टरियाँ भी कहीं-न-कहीं तो होती हैं...'' प्रवीन ने धीरे-धीरे कहा, ''...वैसे जो कुछ नवीन कर रहा है, मैं उससे सहमत नहीं हूँ ! आज पुलिस ने जो दरिंदगी मेरे साथ की है, उसका कारण नवीन है...''

प्रवीन यह कह रहा था तो शान्ता को दोनों भाइयों के नजरियों का फर्क साफ नजर आने लगा था। प्रवीन उसका पति था, पर उसकी बहुत गहरी सहमति और सहानुभूति नवीन के साथ थी...शान्ता को सन्देह होने लगा कि उसके पति प्रवीन ने पुलिस अत्याचार का शिकार होने के कारण सम्भवतः अंग्रेज सार्जेंट को नवीन की कुछ खुफिया जानकारियाँ दे दी हैं। शान्ता ने दबी जुबान से जब प्रवीन से सच्चाई जाननी चाही तो वह बिफर उठा...

''हाँ, हाँ, हाँ...अगर मैंने नवीन का अनुमानित अता-पता बता भी दिया तो क्या हुआ !'' प्रवीन क्रोध से चीखती हुई आवाज में कहने लगा, ''जब नवीन को इस घर की सुख-शान्ति की कोई परवाह नहीं तो मैं जान-बूझकर मौत को क्यों गले लगाऊँ ? नहीं, मेरा अब उससे कोई वास्ता नहीं, कोई

रिश्ता नहीं...वह पुलिस की गोलियों से मारा जाए या उसे फाँसी पर लटका दिया जाए, मुझे भी कोई परवाह नहीं है। वह मेरे लिए...इस घर के लिए मर चुका है...मर चुका है !"

"हूँ..." शान्ता के मुँह से निकला, "तुमने नवीन के साथ विश्वासघात नहीं किया बल्कि अपने देश के साथ गद्दारी की है...तुम गद्दार हो...देश के दुश्मन हो...आज से मेरा तुम्हारा कोई सम्बन्ध नहीं।"

"क्या ?" प्रवीन गुस्से से चीख उठा।

बात बढ़ती चली गई।

"अगर मुन्ना-मुन्नी का खयाल न होता तो मैं आज ही यह घर छोड़कर चली जाती। तुम जैसे कायर और भाई के दुश्मन का मुँह देखना भी पाप है। अच्छा होता तुम पिटते-पिटते वहीं जान दे देते। मैं सन्तोष कर लेती कि मेरे पति ने देश के लिए अपनी जान कुर्बान कर दी !" शान्ता क्रोध से बिफर उठी।

"अपने पति के बारे में ऐसा अशुभ बोलते हुए तुम्हें शर्म नहीं आती !"

"देश के माथे का कलंक मेरे माथे की सुहाग की बिंदी नहीं बन सकता। जो अपने सगे माँ जाये भाई का साथ नहीं दे सकता, वह मेरा क्या साथ देगा ?"

"मुझे जिन्दा रहने का पूरा-पूरा हक है शान्ता, मुझे भी जिन्दगी की सुख-सुविधाओं की जरूरत है। मैं भी सुखी जिन्दगी जीना चाहता हूँ। हवेलीवाले इसलिए मौज कर रहे हैं क्योंकि वे सरकार का साथ दे रहे हैं। उनकी इज्जत है। उनके पास दौलत है। और हमारा घर डाकुओं का घर कहलाता है ! हम गरीबी के दिन गुजार रहे हैं।"

यह सब सुनकर शान्ता के दुख और पश्चात्ताप की कोई सीमा नहीं रही। वह उठकर दूसरे कमरे में चली गई।

❑

सार्जेंट टाम ने अपने उच्च पदाधिकारियों से बातचीत की और अत्याधुनिक हथियारों से लैस सौ जवानों को लेकर प्रवीन के बताए हुए पते की ओर

चल दिया।

होली की खुशी और अपने सगे बड़े भाई पर विश्वास होने के कारण उस दिन नवीन अपने हेडक्वार्टर का पता बता बैठा था। प्रवीन पुलिस की थर्ड डिग्री को बर्दाश्त नहीं कर पाया और उसने वह पता सार्जेंट टाम को बता दिया।

नवीन का हेड क्वार्टर उन दिनों एक नदी के किनारे, एक पहाड़ी की गुफा में था जो तीन ओर से ऊँची-नीची पहाड़ियों और कँटीली झाड़ियों तथा घने पेड़ों से घिरी थी।

❐

रात का अँधेरा चारों ओर फैला हुआ था। आज सर्दी कड़ाके की पड़ रही थी। इसलिए सार्जेंट टाम ने पहाड़ों की गोद में धड़-धड़कर बहती उस लम्बी-चौड़ी और गहरी नदी की ओर ध्यान न देकर तीन ओर से उस पहाड़ी को घेर लिया। वह तो क्रान्तिकारियों के हेडक्वार्टर को चारों ओर से घेर लेना चाहता था। लेकिन अँधेरी बर्फानी रात में चट्टानों के ऊपर से बहनेवाली नदी में घुसने की उसकी हिम्मत नहीं हुई। नदी की थाह तथा धरातल का पता न होने के कारण सिपाहियों ने भी नदी की ओर से मोर्चा बन्दी करने का साहस नहीं किया।

और सार्जेंट टाम और उसके सिपाहियों की इसी असावधानी का नवीन और उसके साथियों ने पूरा-पूरा लाभ उठा लिया। अपने आपको घिरा पाकर वे गोलियों का जवाब गोलियों से देते हुए नदी किनारे पहुँच गए और नदी के बर्फीले पानी की परवाह न करके, पुलिस के जवानों पर गोलियाँ बरसाते नदी में उतर गए और पुलिस के नदी किनारे तक पहुँचने से पहले ही नदी पार घने जंगलों की बीच गुम हो गए।

सार्जेंट टाम जब क्रान्तिकारियों के ठिकाने पर पहुँचा तो वह लम्बी-चौड़ी गुफा खाली पड़ी थी। न तो कोई क्रान्तिकारी वहाँ था और न उनका कोई सामान ही वहाँ मौजूद था।

सार्जेंट टाम अपना सिर पीटकर रह गया। नवीन के भाई प्रवीन ने उसे

क्रान्तिकारियों का पता-ठिकाना तो ठीक-ठीक बताया था लेकिन दुर्भाग्य से जाल में फँसे हुए सारे पंछी बड़ी चालाकी से फरार हो गए थे।

इतनी भागदौड़ और मेहनत के बाद क्रान्तिकारियों के ठिकाने का पता चला था लेकिन सारी जद्दोजहद मिट्टी में मिल गई। घेरा डाल देने पर भी सौ जवानों की राइफलों से होनेवाली गोलियों की धुआँधार बारिश को ठेंगा दिखाकर क्रान्तिकारी साफ निकल गए। न तो कोई जिन्दा ही पकड़ा गया और न किसी की लाश ही मिली। यहाँ तक कि उनके ठिकाने पर और उसके आसपास दूर-दूर तक नदी के किनारे तक खून की नन्ही-सी बूँद भी दिखाई नहीं दी। इससे साफ जाहिर था कि पुलिस के सौ जवानों में से किसी एक की, एक भी गोली क्रान्तिकारियों के जिस्म को नहीं छू पाई थी, जबकि उनकी गोलियों ने पुलिस के दस जवानों की जान ले ली थी और लगभग दो दर्जन जवान बुरी तरह जख्मी कर दिए थे।

अपनी इस नाकामयाबी पर सिर धुनता हुआ सार्जेंट टाम अपने हेडक्वार्टर लौट आया और नवीन को जिन्दा या मुर्दा गिरफ्तार करने की नई योजना बनाने लगा।

❒

नवीन अपने सभी साथियों के साथ नदी पार सुरक्षित घने जंगलों के बीच, अपने दूसरे ठिकाने पर पहुँच गया। किसी भी साथी के मामूली-सी भी चोट नहीं आने पाई थी। वे अपना सारा सामान उठा लाए थे ताकि अगर पुलिस उस गुफा में पहुँच भी जाए तो उसके हाथ उनका कोई सुराग न लग सके।

सभी लोगों को इस बात पर हैरानी थी कि उनके उस सुरक्षित ठिकाने का पता पुलिस को कैसे चला ? यह तो वे सब जानते थे कि सार्जेंट टाम पूरी तरह हाथ धोकर उनके पीछे पड़ा है। आए दिन नवीन की तलाश में उसके घर जाता रहता है। पड़ोसियों से और खासतौर से हवेलीवाली से नवीन के बारे में पूछताछ करता रहता है। लेकिन हवेलीवाली को उनके हेड क्वार्टर का पता मिलना कठिन ही नहीं, असम्भव भी था। पुलिस को उनके हेडक्वार्टर का पता लगना बहुत बड़े अमंगल का सूचक था। उन्हें सन्देह

था कि जो भी पुलिस का मुखबिर उनके उस सबसे अधिक सुरक्षित ठिकाने का पता लगा सका है, वह उनके इस नए ठिकाने के बारे में भी जरूर जानता होगा।

❐

क्रान्तिकारियों से सहानुभूति रखनेवालों की पुलिस विभाग में भी कमी नहीं थी। एक दिन उनके एक विश्वस्त पुलिस अधिकारी ने उनके पास सूचना भेजी कि उस ठिकाने का पता नवीन के बड़े भाई प्रवीन ने सार्जेंट टाम को बताया था।

और इस सूचना को पाते ही नवीन और उसके साथियों में खलबली मच गई। नवीन को अपनी भूल का अहसास हुआ कि बड़े भाई पर विश्वास करके उसने अपने ठिकाने की मामूली-सी जानकारी उसे क्यों दे दी जबकि शान्ता, बाबूजी और अम्मा के कई बार पूछने पर भी उसने उन्हें कुछ भी नहीं बताया था। भाई ने ही भाई के साथ विश्वासघात किया !

नवीन इस बात को अच्छी तरह जानता था कि उसका और प्रवीन का वैचारिक मतभेद था, पर अब उसे विश्वास हो गया कि प्रवीन सिर्फ दिखावे के लिए गांधीवादी था वरना असल में वह अंग्रेजी हुकूमत का पिट्ठू था। उसका क्रान्तिकारी आन्दोलन से सख्त विरोध था। वह इसे देश के लिए हितकर नहीं मानता था। वह क्रान्तिकारियों को सिरफिरे नौजवानों के अलावा और कुछ नहीं समझता था। लेकिन नवीन को यह आशा नहीं थी कि प्रवीन क्रान्तिकारियों के साथ इतनी बड़ी गद्दारी कर सकता है। उसका खून इतना सर्द और सफेद हो सकता है कि वह देश के दुश्मन अंग्रेज हुक्मरानों के हाथों की कठपुतली बन सकता है और उन्हें नवीन का पता बता सकता है। बिना यह सोचे-समझे कि इसका परिणाम कितना भयानक होगा ! खूनी कुत्तों की तरह उनकी खोज में परेशान अंग्रेजों की सेना और पुलिस के जवान उस तक पहुँच पाने में सफल हो जाएँगे और फिर नवीन को या तो गोलियों से उड़ा दिया जाएगा या फाँसी पर चढ़ा दिया जाएगा। और नवीन के साथ-साथ उसके साथियों का भी यही अंजाम होगा।

''नवीन, तुम होली के दिन अपने घर गए थे। हो सकता है असावधानी में या बड़े भाई पर विश्वास करने के कारण तुम उन्हें अपने हेडक्वार्टर का अता-पता बता बैठे हो !'' एक क्रान्तिकारी साथी ने अपना अनुमान प्रकट किया।

''नहीं भाई, नवीन ऐसी गलती कभी नहीं कर सकता।'' दूसरे साथी ने कहा, ''नवीन हमारे आन्दोलन के प्रमुख संचालक हैं। आज तक हमलोग इन्हीं के बताए रास्तों पर चलते आए हैं और हर बार हमें सफलता मिली है। क्रान्तिकारियों का कोई भी कमांडर अपने साथियों के साथ विश्वासघात नहीं कर सकता।''

''लेकिन पुलिस को प्रवीन ने ही हमारा पता बताया है, यह बात सच है। हो सकता है नवीन ने पता न बताया हो और प्रवीन इनका पीछा करते हुए हमारे ठिकाने का पता पा गया हो,'' तीसरे साथी ने कहा, ''बहरहाल हमारे ठिकाने का पता प्रवीन ने ही बताया है। वह हमारा दुश्मन है। देशद्रोही है। हम देश के साथ गद्दारी करनेवाले को कभी क्षमा नहीं कर सकते। भले ही वह हमारा पिता हो, भाई हो या बेटा हो।''

''और गद्दार की एक ही सजा है,'' चौथे साथी ने अपना फैसला सुनाते हुए कहा, ''गद्दार को गोली से उड़ा दिया जाए !''

''मैं इस निर्णय का समर्थन करता हूँ।'' चौथे साथी ने हाथ उठाकर कहा।

''हम सभी इसका अनुमोदन करते हैं। गद्दार को माफ करना हमारे संविधान में नहीं है !'' शेष साथी एकमत होकर बोल उठे।

''और प्रवीन को यह सजा देने की जिम्मेदारी हम नवीन को सौपते हैं !'' निर्णय सुनानेवाले ने अपना अन्तिम निर्णय सुनाते हुए कहा।

''साथियो, प्रवीन का हमारी विचारधारा से मतभेद हो सकता है। लेकिन उसकी अहिंसावादी विचारधारा का भी मुख्य उद्देश्य देश को अंग्रेजी शासन से मुक्ति दिलाना ही है। इसलिए मुझे सन्देह है कि प्रवीन ने हमारा पता बताया होगा। लेकिन हम अपने मुखबिर पर भी अविश्वास नहीं कर सकते। इसलिए मैं चाहता हूँ कि मुझे सच्चाई जानने का मौका दिया जाए। और इस भरी दुनिया में केवल एक ही ऐसा व्यक्ति है जिसपर

मैं विश्वास करता हूँ—आँखें मूँदकर भी विश्वास कर सकता हूँ—वह हैं मेरी भाभी ! कैसी भी परिस्थिति क्यों न हो, वह झूठ नहीं बोल सकतीं। इसके अलावा उन्हें मुझसे, मेरे साथियों से और क्रान्तिकारी आन्दोलन से हार्दिक सहानुभूति है। लगाव है। मैं उनसे असलियत का पता लगा सकूँगा !"

"कुछ भी करो नवीन, हमलोग तुम्हारी वजह से अपने इस निर्णय को तब तक के लिए टाल देते हैं जब तक हमलोगों को यह विश्वास न हो जाए कि हमारा पता-ठिकाना बताने में तुम्हारे बड़े भाई प्रवीन का कोई हाथ था या नहीं। अगर यह बात सच निकली और तुम्हारे भाई देशद्रोही साबित हो गए तो तुम्हें खुद अपने ही रिवाल्वर से अपने बड़े भाई को गोली मार देनी पड़ेगी !" निर्णय सुनानेवाले साथी ने कहा।

नवीन ने जल्दी-जल्दी अपनी शान्ता भाभी के नाम एक पत्र लिखा और अपने एक साथी को दे दिया कि वह उसके पत्र को किसी भी तरह उसकी भाभी के पास पहुँचा दे।

❐

प्रवीन के शरीर पर आए घाव अभी तक पूरी तरह भरे नहीं थे। सूजन भी पूरी तरह मिटी नहीं थी। पुलिस के सिपाहियों ने उसके पैरों के तलवों पर इतने डंडे मारे थे कि तलवे बुरी तरह सूज गए थे। उनकी सूजन की वजह से वह अभी तक चल-फिर नहीं पाता था।

भाइयों के बीच सैद्धान्तिक मतभेद होने के बावजूद प्रवीन की हालत देखकर शान्ता बेहद परेशान थी। पति होने के नाते उन पर उसे दया आ जाती लेकिन दूसरे ही पल जब देश के प्रति की गई उनकी गद्दारी याद आ जाती तो उसका खून क्रोध से उबल पड़ता। सोचती, उसके पति को अपने अपराध का जो दंड मिला है, ठीक ही मिला है।

शान्ता संसार की हर वस्तु, समस्त रिश्तों से बढ़कर मानती थी अपने देश को। और इसीलिए उसके मन में अपने देवर नवीन और उसके आन्दोलन के प्रति गहरा स्नेह, लगाव और सहानुभूति थी।

उसे प्रवीन की बातों से विश्वास हो गया था कि प्रवीन ने नवीन

के ठिकाने का पता पुलिस को जरूर बता दिया है। और यह हो नहीं सकता कि पुलिस नवीन के ठिकाने की खोज में न गई हो। और अगर पुलिस वहाँ पहुच गई होगी तो पता नहीं परिणाम क्या निकला होगा। सार्जेंट टाम नवीन को अपना सबसे बड़ा दुश्मन मानता है। वह मुट्ठी-भर सिपाहियों को लेकर नवीन के ठिकाने का घिराव करने नहीं गया होगा। बल्कि वह पुलिस के जवानों के बजाय फौज के जवानों की दो-चार बड़ी-बड़ी टुकड़ियों को लेकर गया होगा ताकि फौजी जवानों की राइफलों की गोलियों की धुआँधार बारिश से बचकर एक भी क्रान्तिकारी जिन्दा बचकर भाग न सके।

शान्ता इन्हीं विचारों में डूबी बैठी थी कि तभी दरवाजा खोलकर दस-बारह वर्ष का एक छोटा-सा लड़का अन्दर आया और बिना कुछ कहे-सुने एक चिट्ठी शान्ता को थमाकर, दबे पाँव ही दरवाजे से निकल गया।

शान्ता ने जल्दी-जल्दी लिफाफा खोला। उसमें रखा हुआ कागज निकाला।

यह नवीन की चिट्ठी थी।

शान्ता ने एक नजर इधर-उधर डाली और फिर जल्दी-जल्दी नवीन की चिट्ठी पढ़ने लगी।

नवीन ने लिखा था :

आदरणीया भाभीजी ! सादर प्रणाम !

शायद आपको पता चल गया हो कि प्रवीन भैया ने देश के साथ कितनी बड़ी गद्दारी की है। मेरी गलती थी कि मैंने उन पर विश्वास किया और उन्हें अपने ठिकाने की कुछ जानकारी बता बैठा। मुझे अपनी चिन्ता नहीं है। चिन्ता है अपने साथियों की। अपने आन्दोलन और अपने देश की। लेकिन भारतमाता का लाख-लाख धन्यवाद कि मेरे सभी साथी सुरक्षित हैं। पुलिस के हमले ने हमारे उत्साह को और भी बढ़ा दिया है।

हमारे संविधान में देशद्रोही के लिए मृत्युदंड के अतिरिक्त और कोई दंड नहीं है। मेरे साथियों ने प्रवीन भैया की जिन्दगी तब तक के लिए बख्श दी है जब तक उनके खिलाफ पूरे-पूरे सबूत न मिल जाएँ ! पति-पत्नी के

रिश्तों की नजाकत और गहराई कौन नहीं जानता पर मुझे सच्चाई जाननी है, इसमें मुझे आपकी मदद चाहिए।

आपका

नवीन।

शान्ता ने नवीन के पत्र को कई बार पढ़ा और फिर तह करके ब्रेसरी के अन्दर छिपा लिया।

"क्या छिपा रही हो शान्ता, मुझे दिखाओ !" अचानक प्रवीन ने उसके ठीक पीछे पहुँचकर अपना दायाँ हाथ उसकी ओर बढ़ा दिया।

"मेरे पास छिपाने के लिए है क्या !" शान्ता ने अपने दोनों खाली हाथ प्रवीन को दिखाए।

"मैंने एक लड़के को अन्दर आते और तुम्हें एक चिट्ठी देते हुए देखा था। मुझे यकीन है कि वह चिट्ठी नवीन की ही है।" प्रवीन ने सख्त लहजे में कहा, "लाओ वह चिट्ठी मुझे दो।"

"मेरे पास कोई चिट्ठी नहीं है !" शान्ता ने कहा और प्रवीन के बढ़े हुए हाथ को झटककर दूर हट गई और बड़ी फुर्ती से नवीन की चिट्ठी ब्लाउज में से निकाली और मुँह में रखकर निगलने लगी।

प्रवीन ने झपटकर उसे दबोच लिया और उसे जमीन पर गिराकर उसके मुँह से चिट्ठी निकालने की कोशिश करने लगा।

लेकिन इतनी देर में चिट्ठी शान्ता ने निगल ली थी।

नवीन की चिट्ठी को उसके मुँह से निकाल पाने में असफल हो जाने पर प्रवीन का गुस्सा अपनी चरम सीमा पर पहुँच गया। वह ठीक उसी तरह शान्ता के सीने पर चढ़ बैठा जिस तरह पुलिस के जवान उसे जमीन पर पटककर उसकी छाती पर चढ़ बैठे थे। और फिर उसने उन्हीं की तरह बड़ी बेरहमी से शान्ता को पीटना शुरू कर दिया।

शान्ता की दर्द-भरी चीखें निकलने लगीं। अम्मा-बाबूजी उसकी चीखें सुनकर अन्दर आ गए और प्रवीन को पकड़कर शान्ता को बचाने की कोशिश करने लगे।

"निगल ली चिट्ठी..." प्रवीन ने हाँफते हुए कहा।

"हाँ, हाँ, हाँ !" शान्ता ने जल्दी-जल्दी अपने आँसू पोंछ डाले, "मैं

तुम्हें देश के साथ गद्दारी नहीं करने दूँगी।''

''जिस नवीन की वजह से मेरा यह हाल हुआ है, मैं उसे हरगिज माफ नहीं करूँगा—बता, क्या पता है नवीन के नए ठिकाने का !'' प्रवीन दाँत पीसकर बोला।

❏

तभी अचानक न जाने किधर से एक गोली आई और प्रवीन के सीने में ठीक दिल को चीरती हुई पीठ के पार चली गई।

प्रवीन के हलक से चीख तक नहीं निकल सकी ! वह धड़ाम से कटे पेड़ की तरह पीठ के बल धरती पर जा गिरा।

शान्ता, बाबूजी और अम्मा झपटकर उसके पास पहुँच गए।

शान्ता ने जमीन पर पड़े प्रवीन को हिलाया-डुलाया और उसके सीने पर हाथ रख के देखा।

प्रवीन के दिल की धड़कनें बन्द हो चुकी थीं। उसकी पथराई आँखें अभी भी शान्ता के चेहरे को घूर रही थीं।

''हत्यारिन, खा गई मेरे बेटे को !'' अम्मा ने दाँत किटकिटाते हुए शान्ता के बालों को दोनों हाथों में पकड़कर उसे जमीन पर पटका और पागलों की तरह उसकी धुनाई करने लगी। बेटे की मौत से वह पागल हो गई थी।

सारे घर में रोना-पीटना मच गया।

शान्ता ने अपने आपको सँभालकर प्रवीन की ओर हाथ बढ़ाया ही था कि सरस्वती ने उसे दूर धकेल दिया।

''हाथ मत लगा मेरे बेटे को डायन...'' सरस्वती चीखने लगी, ''अब तो पड़ गई होगी तेरे कलेजे को ठंडक—खा गई मेरे लाल को।''

बेटे के गम ने एक माँ को एकाएक परम्परावादी सास में बदल दिया था। उन्होंने शान्ता के बाल पकड़े और उसे घसीटती हुई एक कमरे में डाल आई और दरवाजा बाहर से बन्द कर दिया।

❏

बाबू कुन्दनलाल कुछ देर तक अपने जवान बेटे की लाश के पास बैठे सोचते रहे। वह जानते थे कि अगर उन्होंने पुलिस को जाकर यह न बताया कि प्रवीन की मौत किसी अज्ञात व्यक्ति की गोली से हुई है तो बाद में पता चलने पर पुलिस सारे घर को परेशान करेगी। गोली चलानेवाले को किसी ने भी नहीं देखा था। फिर उसके बारे में वे पुलिस को क्या बताएँगे ? पुलिस तो यही समझेगी कि प्रवीन ने क्योंकि क्रान्तिकारियों के ठिकाने का पता पुलिस को बता दिया था इसलिए किसी क्रान्तिकारी ने ही प्रवीन को गोली मारकर उसका मुँह हमेशा के लिए बन्द कर दिया।

अच्छी तरह सोच-विचार करने के बाद वह पुलिस स्टेशन चले गए। और पूरी कहानी सार्जेंट टाम को सुना दी। सार्जेंट टाम ने उनकी बात पर विश्वास करके प्रवीन की लाश पोस्टमार्टम के लिए भिजवा दी।

❐

पोस्टमार्टम के बाद बाबू कुन्दनलाल प्रवीन की लाश घर ले आए और उसके दाह संस्कार की तैयारियाँ करने लगे।

सरस्वती एक पत्थर लेकर शान्ता के पास गई और पत्थर से उसके हाथों की चूड़ियाँ तोड़ दीं। माथे की बिन्दिया और माँग का सिन्दूर पोंछ दिया।

प्रवीन की मौत की खबर पाकर मोहल्ले और उसके स्कूल के काफी लोग आ गए थे। शान्ता के मायके का साथी और बचपन का दोस्त सलीम भी पहुँच गया था, जो एल.एल.बी. करने के बाद शहर में आकर वकालत करने लगा था। शान्ता का कोई भाई तो था नहीं, इसलिए शादी के बाद पहली विदा कराने यही सलीम उसके भाई के रिश्ते से आया था।

आँखों में छलछलाते आँसू और दिल में गहरा दुख लिये वह शान्ता को देख रहा था, जिसे उसकी सास इस तरह झँझोड़ रही थी जैसे खूँखार भेड़िया खाने से पहले किसी मेमने को झँझोड़-झँझोड़कर अधमरा कर देता है।

"मुझे एक बार उनका मुँह तो देख लेने दो..." शान्ता ने अरथी की ओर बढ़ते हुए कहा।

"हत्यारिन, अपने खसम को खा जाने के बाद अब उसका मुँह देखकर बड़ी सती बन रही है...पतिव्रता बन रही है ।" सरस्वती ने उसे पीछे धकेल दिया।

"माँ जी, दया करो..." शान्ता बिलख उठी, "मुझे एक बार...आख़िरी बार उनके चरण तो छू लेने दो...।"

"तूने ही मरवाया हे मेरे बेटे और अपने पति को !"

"माँ जी, यह क्या कह रही हैं आप ?...कुछ बातों को लेकर मेरे और उनके मतभेद हो सकते थे...पर थे तो वे मेरे पति ! वे मेरा सुहाग थे..."

"चोप्प !" सरस्वती चीखी, "अब बड़ी सती-साध्वी बन रही है...इतनी ही पतिव्रता है तो पति के साथ सती क्यों नहीं हो जाती कुलच्छनी !" सरस्वती ने शान्ता के सर पर दुहत्थड़ मारकर कहा।

शान्ता अपनी सास को देखती रह गई। सास की आँखों से नफरत बरस रही थी।

"अगर ऐसी बात है तो मैं सती होऊँगी—मैं अपने पति के साथ ही चली जाऊँगी..." शान्ता के आँसू एकदम थम गए। उसकी आवाज में एक अजीब-सी दृढ़ता आ गई।

"तो फिर क्यों नहीं जा बैठती अपने पति की लाश लेकर चिता पर !" अचानक हवेलीवाली खिड़की से मुँह निकालकर बोली, "मैं जानती हूँ यह कैसी सती-सावित्री है ! कैसी मटकती हुई गई थी मैके के अपने बचपन के यार के साथ। क्या इसको विदा कराने इसका भाई नहीं आ सकता था ?"

"तुम ठीक कहती हो !" सरस्वती ने पहली बार हवेलीवाली अपनी जिठानी की बात का समर्थन किया, "यह कुल कलंकिनी अगर अपनी इच्छा से सती नहीं हुई तो मैं इसे प्रवीन की चिता में झोंककर खाक कर दूँगी।"

"अरी तुम सब चुप क्यों खड़ी हो।" हवेलीवाली ने आँगन में खड़ी औरतों से ललकार कर कहा, "सती मैया के गीत गाओ...देख नहीं रही हमारे खानदान की पहली-पहली बहू सती होने जा रही है !"

"बोल सती मैया की जय !" पीछे खड़े चौरंगी ने जोर से नारा लगाया।

उस नारे को सुनते ही औरतों ने भी जोर-जोर से सती मैया की जय-जयकार की और सती मैया के भजन गाने लगीं।

शान्ता सकते में थी:..वह कुछ भी सोच नहीं पा रही थी...

सरस्वती ने जल्दी-जल्दी शान्ता को शादी का जोड़ा पहना दिया और आम औरतों के साथ मिलकर उसका शृंगार करने लगी।

सलीम ने प्रवीन के मरते ही शान्ता के माता-पिता को उसकी मौत की सूचना दे दी थी। वे दोनों उसी समय घर से चल पड़े थे। लेकिन जब वे शान्ता के घर पहुँचे, सती कराने के लिए उसका पूरा शृंगार किया जा चुका था।

''शान्ता बेटी, यह तू क्या कर रही है। अपने इन बच्चों की ओर देख !'' शान्ता के पिता ने मुन्ना-मुन्नी को शान्ता की गोद में धकेल दिया...''यह तो मरने से पहले ही अनाथ हो चुके हैं। अगर तू भी चली गई तो इनकी देखभाल कौन करेगा ? बिना माँ-बाप के बच्चे बेमौत मर जाएँगे।''

''नहीं, मैं अब किसी की न बेटी हूँ, न माँ हूँ !'' शान्ता ने गम्भीर स्वर में कहा, ''सती का तो पति ही सबकुछ होता है।''

''नहीं बेटी, मैं तुझे यह सब नहीं करने दूँगा !'' पिता बिलख-बिलखकर रो पड़े।

''बाबू श्यामसुन्दर जी, आप शान्ता को सती होने से मत रोकिए। वरना बड़ा अधर्म होगा !'' एक पंडितजी ने आगे बढ़कर कहा।

''आप महान हैं श्यामसुन्दरजी, सती के पिता होने का सौभाग्य तो लाखों-लाखों में से किसी एक को मिल पाता है।'' दूसरे सज्जन बोल उठे और फिर इधर-उधर देखकर पूछने लगे, ''बाबू कुन्दनलालजी कहाँ गए ? सती होने का शुभ मुहूर्त निकला जा रहा है।''

''वह अभी तक प्रवीन के पोस्टमार्टम और मौत का सर्टिफिकेट लेकर नहीं लौटे हैं !'' किसी ने बताया।

''कोई बात नहीं। जब वह आ जाएँ तो उन्हें श्मशान में भेज देना ! कई पंडितों ने कहा। सतीप्रथा के पक्षधर वे ब्राह्मण जल्दी से जल्दी सारा कर्मकांड कर डालना चाहते थे ताकि पुलिस इत्यादि का बखेड़ा खड़ा न हो !

और फिर शवयात्रा आरम्भ हो गई।

❑

प्रवीन की अरथी का बहुत ही शानदार विमान बनाया गया था। विमान के आगे-आगे बैंड बाजेवालों, ढोलवालों के अलावा राम नाम का कीर्तन करती सती मैया के गीत गातीं घंटे-घड़ियाल और शंख बजाती कई टोलियाँ थीं।

विमान के पीछे नववधू जैसा शृंगार किए शान्ता थी। बीच-बीच में पंडे-पुरोहित शान्ता को कुछ पिलाते जाते थे, जिसे वे पवित्र-जल कह रहे थे। नगर की अनेक स्त्रियाँ थीं। जो गला फाड़-फाड़कर सती मैया के गीत गा रही थीं। जयजयकार कर रही थीं। आज उन्हें अपने आप पर गर्व हो रहा था कि आज के युग में भी उनकी जाति की एक नारी अपने पति के साथ सती होकर नारी जाति के सम्मान को चार चाँद लगाने जा रही थी।

श्मशान में चिता तैयार कर दी गई थी और प्रवीन का शव चिता पर रख दिया गया था।

शान्ता बड़ी गम्भीरता तथा शान्ति से चिता पर जा बैठी और प्रवीन का सिर अपनी गोद में रख लिया।

"बोलो सती मैया की जय !" स्त्रियों-पुरुषों के जयघोष से श्मशान गूँज उठा।

दाह संस्कार करानेवाले पंडितों ने ढेर सारा कपूर शान्ता की हथेलियों पर रख दिया।

"सती मैया, दोनों हथेलियों को मलिए...आपके सतीत्व के प्रभाव से अग्नि स्वयं ही प्रज्वलित हो उठेगी !" एक पंडित ने कहा और शान्ता की हथेलियों में रखे कपूर के ऊपर उसने कोई पाउडर छिड़क दिया।

शान्ता ने दोनों हथेलियों को जैसे ही रगड़ा, कपूर धू-धू करके जलने लगा। उसने जलते हुए कपूर को चिता के ऊपर चारों ओर बिखेर दिया। चिता भी तेजी से जल उठी।

"अरे, अरे...यह क्या कर रहे हो !" अचानक बाबूजी की आवाज आई। वह चिता की ओर दौड़े चले आ रहे थे।

"सती मैया के पुण्य कार्य में बाधा मत डालिए, बाबू कुन्दनलाल जी !" कई पंडित एक साथ बोल उठे, "अपने भाग्य को सराहिए बाबूजी, जो आपके घर ऐसी सती लक्ष्मी आई...बोल सत्ती मैया की जय !"

भीड़ ने जोर से जयघोष किया, ''बोल सती मैया की जय !''

''अरे कमबख्तो, तुम लोग जान-बूझकर एक जिन्दा इंसान को जला रहे हो...उसकी हत्या कर रहे हो...तुम सब हत्यारे हो !'' बाबू कुन्दनलाल क्रोध से पागल हो उठे। और चिता की जलती हुई लकड़ियाँ निकाल-निकालकर चारों ओर खड़ी भीड़ पर फेंकने लगे।

जलती हुई लकड़ियों की आग से बचने के लिए सती का तमाशा देखनेवाली भीड़ चिता से दूर भाग गई।

''बाबूजी, मेरा अन्तिम प्रणाम स्वीकार कीजिए !'' चिता पर बैठी शान्ता ने दोनों हाथ जोड़कर प्रणाम किया, ''मैं अपने पति के साथ सती हो रही हूँ। मेरी राह में बाधा मत डालिए बाबूजी।''

''शान्ता बेटी, यह सती होना नहीं है, आत्महत्या करना है !'' बाबूजी ने कहा और फिर ढोल-बाजे, घंटे-घड़ियाल और शंख बजानेवालों की ओर मुड़कर चीख उठे, ''बन्द करो ये ढोल-ताशे !''

''बाबू कुन्दनलालजी, यह तो सती मैया का पावन पर्व है। धर्म के काम में बाधा मत डालिए !'' कुछ लोग बोल उठे।

''किसी को आत्महत्या करने पर मजबूर करना, किसी जिन्दा इंसान को चिता में जलाना पावन पर्व नहीं, सबसे बड़ा अधर्म है यह हत्या है। शान्ता बेटी, चिता से उतर आओ।''

''नहीं बाबूजी, अब इस संसार से मेरा कोई रिश्ता नहीं है। जो भी रिश्ता है अपने पति से है। जब वही इस दुनिया में नहीं रहे तो मैं भी जीकर क्या करूँगी। उनके साथ-साथ दुनिया से मेरे सारे रिश्ते टूट गए—खत्म हो गए। मुझे अपने पति के साथ सती हो जाने दीजिए।'' शान्ता ने आधी बेहोशी में हाथ जोड़कर कहा।

''बोलो सती मैया की जय !'' भीड़ ने जयघोष किया।

''खामोश !'' बाबू कुन्दनलाल चीख उठे, ''यह नहीं होगा शान्ता बेटी, मैं तुझे जिन्दा जलने नहीं दूँगा...तू मेरी बहू है—अपने मुन्ना-मुन्नी की माँ है।''

बाबू कुन्दनलाल ने शान्ता को जबर्दस्ती चिता पर से नीचे खींच लिया। शान्ता उनके पैरों के पास गिरकर बेहोश हो गई।

"अधर्मियो, औरत जननी है। औरत धरती है, औरत माँ है। इस सृष्टि को धारण करनेवाली औरत ही है, औरत ही सृष्टि की कारक है, संचालक है। जिस दिन औरत की छाती का दूध सूख जाएगा, सृष्टि का निर्माण रुक जाएगा और वही सृष्टि के विनाश का अन्तिम दिन होगा। मेरी बहू की आँखों को देखिए। इनमें न आँसू हैं, न ममता है, न दया है और न करुणा। इनकी रिश्तों की पहचान भी मिट चुकी है।"

"आप अधर्मी हैं बाबू कुन्दनलाल। धर्म के काम में रोड़े अटका रहे हैं। बरसों के बाद एक नारी अपने पति के साथ सती होकर सतियों की मर्यादा का पालन कर रही है। अपने पति के लिए अपने प्राणों का बलिदान कर रही है..." कुछ लोग चीखकर बोले।

"यह बलिदान नहीं हत्या है...आत्महत्या है। मृत्यु बड़ी नहीं है। बड़ा है जीवन। समूची दुनिया को समाप्त कर देना बड़ा काम नहीं है। बड़ा काम है संसार के सुख-दुख सहकर इसे चलाना। इसका संचालन करना। शान्ता जीवित रहेगी। अपने बच्चों का लालन-पालन करेगी। सृष्टि के निर्माण और विकास में सहायक बनेगी, नारी का सबसे महान रूप है माँ। सती नहीं।"

भीड़ में सन्नाटा बढ़ता जा रहा था। लोग एक दूसरे का मुँह ताक रहे थे।

"अगर आप लोग यह सब नहीं मानते तो कानून को तो मानते ही होंगे। किसी नारी को बलपूर्वक या धर्म की आड़ लेकर जलाना हत्या है और हत्या एक ऐसा जघन्य अपराध है जिसके लिए हत्यारे को कभी क्षमा नहीं किया जा सकता।" बाबू कुन्दनलाल ने कहा, "उठो बेटी, अपने पति को अन्तिम प्रणाम कर, उसकी आत्मा के लिए भगवान से प्रार्थना करो।"

शान्ता ने जैसे-तैसे उठकर डगमगाते हुए पति के शव को प्रणाम किया।

बाबू कुन्दनलाल ने चिता में लकड़ियाँ लगाईं और फिर अपने हाथों से अपने पुत्र का अन्तिम संस्कार कर दिया।

पंडे-पुरोहित अपमानित महसूस करते हुए चुपचाप श्मशान से विदा हो गए।

❑

बाबू कुन्दनलाल शान्ता को घर ले आए। शान्ता का सुहाग ही नहीं रूप भी उजड़ गया था। पति की मृत्यु के बाद उसके हाथों की चूड़ियाँ तोड़ दी गई थीं। माथे पर लगी बिन्दी और माँग में भरा सिन्दूर पोंछ दिया गया था। उसके लम्बे-लम्बे बाल काट दिए गए थे। जलती चिता की लपटों से उसका चेहरा झुलसकर विकृत हो गया था। शरीर भी जगह-जगह से झुलस गया था। वह तो बाबू कुन्दनलाल समय पर श्मशान पहुँच गए वरना शान्ता अपने पति प्रवीन के शव के साथ जिन्दा जल मरी होती।

शान्ता को सती कराने का प्रयास बाबू कुन्दनलाल की नजर में पाप था, अधर्म था और गैर-कानूनी था। लेकिन सरस्वती उसे एक महान कार्य समझती थी। वह सोच रही थी कि शान्ता के सती हो जाने पर उसके खानदान का सम्मान बढ़ जाएगा। वह गर्व से सिर उठाकर कहा करेगी कि पूरी बस्ती में उसी का खानदान इतना ऊँचा और महान है जिसकी बहू अपने पति के शव के साथ हँसते-हँसते सती हो गई...जब तक यह दुनिया रहेगी, लोग सती के खानदान का सम्मान करते रहेंगे। उसकी पूजा करते रहेंगे।

उसने सोच लिया था कि वह सती का एक मन्दिर बनवाएगी। जिस पर आए दिन मेले लगा करेंगे। लोग सती की पूजा करने आया करेंगे। विवाह के बाद बहूएँ सबसे पहले सती के मन्दिर में आकर सती से सौभाग्यवती होने का वरदान माँगा करेंगी।

इस मन्दिर के निर्माण में उसका आर्थिक स्वार्थ भी था। उसके पति रिटायर हो चुके थे। बड़ा बेटा प्रवीन मारा गया था। शायद नवीन की चिट्ठी लेकर आनेवाले ने ही छिपकर प्रवीन के सीने में गोली मारी थी। नवीन क्रान्ति की मशाल लिये न जाने कहाँ भटक रहा था ! आमदनी के सारे स्रोत सूख चुके थे। इसलिए उसने सोचा था कि मन्दिर के चढ़ावे से घर का खर्च आसानी से चल जाया करेगा। उस चढ़ावे की रकम को जोड़-जोड़कर वह अपनी बेटी मंजू का विवाह कर देगी।

लेकिन उसके पति ने उसकी इन तमाम योजनाओं और सपनों को धूल में मिला दिया था। जिस बहू ने उनके बेटे को खा लिया था, उसी बहू को वे चिता से उठाकर घर ले आए थे। सबसे ज्यादा गुस्सा उसे शान्ता पर

इसलिए था कि उसका सिरफिरा बेटा नवीन शान्ता का अत्यधिक सम्मान करता था। शान्ता नवीन को बेहद प्यार करती थी। उसी की वजह से उसने बरसों तक होली नहीं खेली थी।

❑

परन्तु बाबू कुन्दनलाल शान्ता को बहू नहीं बेटी समझते थे और यह बात सरस्वती को नागवार गुजरती थी। वह शान्ता की तारीफें करते अघाते नहीं थे। सरस्वती इसे अपना अपमान समझती थी। आए दिन इन्हीं बातों को लेकर उनसे लड़ती-झगड़ती रहती थी।

शान्ता घर लौट आई तो सरस्वती को बहुत बुरा लगा। वह मानती थी कि चिता पर बैठनेवाला व्यक्ति तो मुर्दे के समान हो जाता है। उसे जीवित इंसानों के बीच रहने का कोई अधिकार नहीं रहता। वह जीता-जागता अमंगल होता है। घर-परिवार के सर्वनाश की निशानी ! आखिर शान्ता अपने पति के शव को लेकर चिता पर तो बैठी थी। चिता में आग भी लगा दी गई थी। लेकिन बाबू कुन्दनलाल शान्ता को जलती चिता से उतारकर ले आए थे। इसलिए शान्ता और एक मुर्दे में अब अन्तर ही क्या रह गया था ? उनके लिए शान्ता मर चुकी थी। और जिसे उसके पति घर ले आए थे, वह शान्ता नहीं शान्ता का प्रेत था। प्रेतात्मा थी। और प्रेतात्मा का किसी भी घर में रहना अत्यन्त अशुभ और अमंगलकारी था।

जवान कमाऊ बेटे की मौत के गम ने बाबू कुन्दनलाल की कमर तोड़कर रख दी थी। धर्म के अन्धविश्वासी ठेकेदारों और कुछ रिश्तेदारों ने सती के नाम पर शान्ता बहू को जलाकर मार डालने की कोशिश ने भी उन्हें बहुत दुखी कर दिया था। सरस्वती का रवैया भी उनकी समझ में नहीं आ रहा था। घर में हर समय झगड़ा और तनाव-सा बना रहता था। पत्नी, घर के पंडितजी और समाज के ताने-तिश्नों से वे परेशान आ गए थे।

आखिर एक दिन बाबू कुन्दनलाल घर छोड़कर तीर्थ यात्रा पर अकेले ही निकल गए थे।

उसी दिन से शान्ता बहू पर सास सरस्वती ने अत्याचार ढाना शुरू कर

दिया था...उनके लिए तो शान्ता प्रेतात्मा थी ही...

सरस्वती ने मुन्ना, मुन्नी और मंजू को कड़ी हिदायत दी कि वह शान्ता के करीब न जाएँ। उसकी छाया से भी दूर रहा करें। उससे बातचीत न करें। शान्ता अपने बच्चों से मिलने के लिए, उन्हें प्यार करने के लिए तड़प उठती, लेकिन सरस्वती बच्चों को दूर ही रखती।

शान्ता सोचा करती कि इससे तो यही अच्छा होता कि वह जिन्दा ही अपने पति के शव के साथ जलकर मर जाती। इन दुखों से तो मुक्ति मिल जाती, जो उसे आज भोगने पड़ रहे थे। सरस्वती ने मकान की एक अँधेरी सीलन-भरी कोठरी में ही रहने की उसे सख्त हिदायत कर रखी थी। उस कोठरी से बाहर निकलने पर पूरी तरह रोक लगा दी थी। अक्सर वह उसका दरवाजा बाहर से बन्द कर देती थी। बच्चों को उसने जबरदस्ती समझा दिया था कि शान्ता कितनी भी रोये-चीखे लेकिन वे उसकी कोठरी का दरवाजा हरगिज न खोलें।

उस सीलन-भरी कोठरी में सिर्फ वही एकमात्र दरवाजा था जो बाहर से बन्द रहता था। कोठरी घर के आखिरी छोर पर थी। खिड़कियाँ रोशनदान भी नहीं था। इसलिए कोठरी में न तो दिन का उजाला आता था और न हवा ही आ पाती थी। इतना अँधेरा रहता था कि शान्ता अपने झुलसे हुए बदन के घावों तक को नहीं देख पाती थी। सरस्वती दोनों वक्त एक थाली में रूखी-सूखी रोटियाँ डालकर दरवाजे से अन्दर सरका देती थी। एक पुराने टूटे-फूटे घड़े में पानी भरकर रख देती थी। और शान्ता को खाने-पीने के लिए जो कुछ भी मिल जाता था, उसी से गुजारा कर लेती थी।

धीरे-धीरे कुछ दिनों में उसके घाव भर गए। उसके बदन में रूखे-सूखे टुकड़े खाकर भी कुछ जान पड़ गई। लोग कहते हैं वक्त ही घावों का सबसे बेहतर मरहम होता है। पति की मृत्यु का घाव भी वक्त के साथ-साथ भरने लगा था। वह पढ़ी-लिखी थी। एक पढ़े-लिखे सम्भ्रान्त परिवार में उसने जन्म लिया था। धीरे-धीरे उसकी चेतना और विवेक जागने लगा।

और फिर एक दिन वह अपनी सास की ज्यादतियों और अन्याय के विरुद्ध विद्रोह कर बैठी।

सरस्वती सुबह का खाना देने जैसे ही आई, शान्ता बड़ी फुर्ती से उठी

और दरवाजे को रोके खड़ी सरस्वती को एक ओर धकेलकर कोठरी से बाहर आ गई।

"कहाँ जा रही है कुलच्छिनी...चल, अपनी कोठरी में चल !" सरस्वती ने उसका रास्ता रोकने की कोशिश की।

"हट जाओ मेरे सामने से !" शान्ता ने सरस्वती को एक ओर हटा दिया, "मैं इंसान हूँ। मुझमें भी जान है। मैं इस अँधेरी सीलन और बदबू-भरी कोठरी में घुट-घुटकर नहीं मर सकती...जिसमें साँस लेने तक के लिए हवा नहीं आती।"

"तू चिता से उठकर आई है...तू मर चुकी है...तू मुर्दे से भी बदतर है...तेरी परछाईं तक को छूना पाप है !" सरस्वती चीख-चीखकर उसे गालियाँ देने लगी।

❐

...और एक दिन बाबू कुन्दनलाल घर लौट आए !

"बाबूजी..." ससुर को देखते ही शान्ता के धीरज का बाँध टूट गया। वह दौड़कर उनके पैरों से लिपट गई और सिर पटककर रो पड़ी, "आप मुझे क्यों बचाकर लाए ? मुझे जलकर मर जाने देते तो इस नरक में तो न रहना पड़ता। अम्माजी ने मुझे घर की अँधेरी कोठरी के नरक में धकेलकर मजबूर कर दिया है कि मैं आत्महत्या कर लूँ।"

शान्ता की बुरी हालत उसकी इस बात का जीता-जागता सबूत थी। उन्होंने पास ही खड़े बच्चों पर नजर डाली तो मंजू जल्दी से बोल उठी, "भाभी सच कह रही हैं बाबूजी। जिस दिन से आप तीरथ पर चले गए, अम्मा ने इन्हें उस अँधेरी कोठरी में डालकर बाहर से ताला लगा दिया था। न तो इन्हें बाहर निकलने देती हैं न मुझे और मुन्ना-मुन्नी को इनके पास जाने देती हैं। कहती हैं यह भूतनी है, चुड़ैल है, मुर्दे से भी भयानक है। इसके पास मत जाना। अगर इसने तुम लोगों को छू भी लिया तो तुम सब उसी वक्त मर जाओगे।"

बाबू कुन्दनलाल का समूचा बदन क्रोध से तमतमा उठा। जी में आया

कि सरस्वती को पीट-पीटकर अधमरा कर दें...

उन्होंने शान्ता के कन्धे पकड़कर उसे एक चारपाई पर बैठा दिया और एक डंडा उठाकर सरस्वती पर झपटे।

लेकिन अभी सरस्वती की पीठ पर एक ही डंडा पड़ा था कि शान्ता जल्दी से उठी और अपनी सास पर आ गिरी। "नहीं बाबूजी, नहीं...।" शान्ता चीख उठी।

और तभी बाबू कुन्दनलाल का उठा हुआ डंडा सरस्वती के बजाय शान्ता की घावभरी पीठ पर आ गिरा। चोट खाकर शान्ता बेहोश हो गई।

"हाय राम, यह क्या हो गया !" बाबू कुन्दनलाल ने डंडा एक ओर फेंक दिया और शान्ता को जैसे-तैसे बैठक में ले आए।

उसे चारपाई पर लिटाकर मंजू से बोले, "मंजू, अपनी भाभी के कपड़े बदल दे। मैं डॉक्टर को लेने जा रहा हूँ।"

"अच्छा बाबूजी।"

बाबू कुन्दनलाल फौरन डॉक्टर को लाने के लिए चल दिए।

❑

सार्जेंट टाम के दुख, पछतावे और क्रोध की कोई सीमा नहीं रही थी। नवीन हर बार उसके हाथों में आकर मछली की तरह फिसलकर निकल जाता था। प्रवीन की मौत के बाद उसे विश्वास हो गया था कि नवीन के ही किसी साथी ने प्रवीन को गोली मारी थी। अगर आज प्रवीन जिन्दा होता तो उसे मार-पीटकर नवीन के दूसरे ठिकानों का पता लगाया जा सकता था। लेकिन जानकारी प्राप्त करने का वह सूत्र भी उसके हाथ से निकल चुका था। और इसीलिए नवीन और उसके साथियों के प्रति उसके मन में क्रोध और भी बढ़ गया था।

नवीन की तलाश में उसने चारों ओर मुखबिरों का जाल फैला दिया था। उसे लग रहा था कि एक मामूली हिन्दुस्तानी छोकरा इतने विशाल ब्रिटिश साम्राज्य को चुनौती दे रहा है। इस चुनौती को वह स्वयं के लिए चुनौती मान रहा था। उसके मुखबिर शिकारी कुत्तों की तरह नवीन की

गन्ध सूँघते हुए जंगलों और पहाड़ों में भटक रहे थे।

"कोशिश करो कि क्रान्तिकारियों के गिरोह का कोई भी एक आदमी हमारे हाथ लग जाए !" सार्जेंट टाम ने अपने मातहतों को निर्देश दिया, "जहाँ भी नवीन के ठिकाने का पता चले, गोलियों की ऐसी धुआँधार बारिश करो और कोशिश करो कि उनमें से कोई एक जख्मी हालत में हमें मिल जाए। कोई भी जख्मी हालात में मिल गया तो उससे सबकुछ उगलवा लेना हमारे बाएँ हाथ का खेल है। नवीन के भाई प्रवीन से हमने जिस तरह सबकुछ उगलवा लिया था, उसी तरह वह जख्मी भी हमारे सामने सब कुछ उगलने पर मजबूर हो जाएगा—जान बड़ी प्यारी चीज़ होती है।"

"यह आपका खयाल है," सार्जेन्ट टाम के एक साथी ने कहा, "हम ब्रिटिश लोग इन हिन्दुस्तानियों को डरपोक और बुज़दिल समझते हैं। लेकिन ये लोग तो फौलाद से भी ज्यादा सख्त धातु के बने हुए हैं। नवीन का भाई प्रवीन क्रान्तिकारी नहीं था। गांधीवादी था, इसीलिए मामूली सी मार खाते ही सबकुछ उगल बैठा। किसी क्रान्तिकारी से आप इतनी आसानी से कुछ भी नहीं उलगवा सकते सार्जेंट !"

"फिर भी कोशिश करके देखने में हर्ज ही क्या है ?" सार्जेंट टाम ने गम्भीर होकर कहा और फिर अपनी योजना अपने मातहतों को बताने लगा।

❑

जंगलों और पहाड़ियों में भटकते-भटकते नवीन और उसके साथी परेशान हो उठे थे। वे जिस ओर भी जाते पुलिस या फौज की किसी टुकड़ी के होने की खबर उन्हें मिल जाती थी। देश के सीधे-सादे देहातियों के मन में उनके लिए आदर-मान और स्नेह था। वे पुलिस और सेना के जवानों को देखते ही नवीन को सूचना भेज देते थे।

नवीन के साथियों में सबसे बुरा हाल था बलराज का। वह एक धनी सम्पन्न परिवार का लड़का था, जिसने कार से नीचे कभी पाँव नहीं रखा था। उसे आज कँटीले और पथरीले रास्तों पर भागना-दौड़ना पड़ रहा था।

तरह-तरह के खानों से भरी डाइनिंग टेबल पर बैठकर जिसे खाना पसन्द था, आज उसे रूखी-सूखी रोटियाँ चबानी पड़ रही थीं। अच्छी न लगने के कारण वह कभी-कभी बिना खाए ही रह जाता था। नवीन उसका क्लास फेलो था। नवीन के विचारों और नवीन द्वारा दिखाई गई आजाद देश की तस्वीर से प्रभावित होकर वह उसकी टोली में शामिल हो गया था।

बलराज के पिता घनराज का लम्बा-चौड़ा कारोबार था। धन की उनके पास कोई कमी नहीं थी। धनी सम्पन्न होने के कारण ब्रिटिश अधिकारी भी उनका आदर करते थे। दोस्ताना सुलूक करते थे। उनका खयाल था कि अगर एक बार बलराज घर आ जाए तो वे उसे फिर कभी वापस उन सिरफिरे नौजवानों के पास नहीं जाने देंगे। वे नहीं चाहते थे कि ब्रिटिश सरकार ने उन्हें जो मान-सम्मान और राय साहब की उपाधि दे रखी थी, वह छिन जाए।

नवीन के सभी साथी बलराज की पारिवारिक पृष्ठभूमि से अच्छी तरह परिचित थे इसलिए उनके मन में उसके प्रति हर समय सन्देह बना रहता था। लेकिन नवीन को बलराज पर पूरा-पूरा विश्वास था। क्योंकि स्कूल से लेकर कॉलेज तक वह उसका सहपाठी रहा था और हर एक ऑपरेशन में वह बढ़-चढ़कर हिस्सा लेता था।

❐

जंगल और पहाड़ों में पुलिस की सरगर्मियाँ बढ़ती जा रही थीं, इसलिए नवीन और उसके साथियों ने वेश बदलकर शहर में रहना शुरू कर दिया था।

एक दिन जब बलराज किसी काम से शहर में गया था, इधर-उधर घूमता हुआ अपने घर पहुँच गया। लेकिन अभी उसने अपनी कोठी की बाउंड्री में कदम भी नहीं रखा था कि उसकी टोह में कोठी के आसपास लगी पुलिस के जवानों की उस पर नजर पड़ गई। वेश बदला होने पर भी उन लोगों ने उसे पहचान लिया और उसे पकड़कर सार्जेंट टाम के पास ले आए।

लेकिन जब पुलिस के जवान बलराज को गिरफ्तार करके पुलिस स्टेशन ले जा रहे थे, नवीन के एक साथी की नजर पड़ गई थी। वह जल्दी से भीड़ में शामिल होकर पुलिसवालों की नजरों से बचते हुए किसी तरह उस ठिकाने तक पहुँच गया जहाँ इन दिनों उसके साथी रह रहे थे।

"जितनी जल्दी हो सके यहाँ से निकल चलो !" उसने अपने साथियों से कहा, "बलराज को पुलिस ने गिरफ्तार कर लिया है और मुझे यकीन है कि जैसे ही पुलिस का पहला डंडा उसपर पड़ेगा वह सबकुछ उगल देगा।"

"बलराज का पकड़ा जाना वास्तव में हमलोगों के लिए खतरनाक साबित हो सकता है !" एक साथी जल्दी से उठकर हथियार इकट्ठे करने लगा।

"ठीक है, अपना जो भी सामान है जल्दी-जल्दी बाँध लो और यहाँ से निकल चलो !" नवीन ने भी काफी सोच-विचार करने के बाद अपने साथियों का समर्थन कर दिया।

लेकिन अभी वे उस मकान से निकलकर गली के मोड़ पर ही पहुँचे थे कि कई सनसनाती हुई गोलियाँ उनके सिरों के ऊपर से गुजरती चली गईं।

उन लोगों ने जल्दी से गली के दोनों ओर के मैदानों की दीवारों की आड़ ली और गोलियों का जवाब गोलियों से देते हुए सड़क की ओर बढ़ने लगे।

लेकिन जब वे सड़क पर पहुँचे तो उन्हें सड़क के दोनों ओर पुलिस के ट्रक खड़े दिखाई दिए, जिन्होंने दोनों ओर के रास्ते जाम कर रखे थे। पुलिस के जवान उन ट्रकों की आड़ लिये हुए क्रान्तिकारियों पर गोलियाँ चला रहे थे।

नवीन ने देखा कि पुलिसवालों से बचकर भाग निकलने के रास्ते बन्द हो चुके हैं। उसने अपने साथियों को इशारा किया कि वे वापस गली में चलें। उसने सोचा था कि मकान की छत से लगी छतों पर उतरकर वे पुलिस की पकड़ से दूर निकल जाएँगे।

गोलियाँ चलाते हुए नवीन और उसके साथी वापस अपने मकान में

आ गए और दरवाजा बन्द करके छत पर जा चढ़े। लेकिन वह लोग तीन-चार मकानों की छतों को ही पार कर पाए थे कि आसपास की छतों से गोलियाँ बरसनी शुरू हो गईं। शायद सार्जेंट टाम ने उनका इरादा भाँप लिया था इसलिए उसने पुलिस के जवानों के साथ छतें घेर ली थीं।

''मुफ्त में जान देने से कोई फायदा नहीं। हम इतने जवानों का मुकाबला नहीं कर सकते। जिन्दा रहे तो फिर इन अंग्रेजों को ठिकाने लगाने की कोशिश करेंगे,'' नवीन ने अपने साथियों से ऊँची आवाज में कहा, ''अपने-अपने हथियार डाल दो। हमें बे-मौत मरना नहीं है।''

नवीन की बात उसके कुछ साथियों को अच्छी नहीं लगी। वे चारों ओर छतों पर खड़े पुलिस के जवानों पर फायर करते रहे।

''तुम्हारी जरूरत देश को कितनी है, तुम नहीं जानते ! यह ठीक है कि हथियार डालना कायरता है लेकिन जान-बूझकर जान देना भी वीरता नहीं, आत्महत्या है। याद रखो कैद हो जाने के बाद भाग निकलने के हजार रास्ते निकल आएँगे !'' नवीन ने कहा और सरेंडर के लिए अपना माउजर सामने छत पर खड़े सार्जेंट टाम की ओर उछाल दिया।

नवीन को हथियार डालते देख उसके साथियों ने भी अपने-अपने हथियार डाल दिए।

पुलिस के जवान उन्हें राइफलों से कवर किए सड़क पर खड़े ट्रकों के पास ले आए।

❐

अभी भोर का उजाला अच्छी तरह फैलने भी नहीं पाया था कि सड़क से गुजरते हॉकर की आवाज सुनकर शान्ता की नींद उचट गई।

''आज की ताजा खबर—खतरनाक क्रान्तिकारी नवीन और उसके गिरोह के सात साथी गिरफ्तार ! सार्जेंट टाम की महान सफलता...पढ़िए-पढ़िए...आज की ताजा खबर !''

शान्ता झपटकर बिस्तर से उठी और दौड़ती हुई दरवाजे पर आ गई।

उसने अखबार खरीदा और पहले पेज पर छपी खबर को पढ़ती हुई

अपने कमरे में आ गई।

अखबार के पहले पेज पर ही मोटे-मोटे अक्षरों में नवीन और उसके साथियों की गिरफ्तारी का समाचार पढ़ते ही शान्ता सन्नाटे में डूब गई। हालाँकि अपने पति की हत्या उसे याद थी और उसके तथा सभी लोगों के अनुमान के अनुसार किसी क्रान्तिकारी ने—शायद उसी क्रान्तिकारी ने जो नवीन की चिट्ठी लेकर आया था, उसी ने प्रवीन की हत्या की थी। लेकिन न जाने क्यों शान्ता इस बात पर आज कई वर्ष बीत जाने के बाद भी विश्वास नहीं कर पाई थी। उसे पूरा-पूरा विश्वास था कि नवीन और उसके साथी ऐसा नीच काम हरगिज़ नहीं कर सकते। अगर उन्हें किसी की जान लेनी ही थी तो वे सार्जेंट टाम को गोली से उड़ाते। क्योंकि वही एकमात्र ऐसा पुलिस अधिकारी था जिसने प्रवीन को यातनाएँ देकर नवीन के ठिकाने का अता-पता जान लिया था।

शान्ता को लगा कि जिस तरह प्रवीन ने पुलिस की थर्ड डिग्री से घबराकर सार्जेंट टाम को नवीन के जंगलवाले ठिकाने का पता बता दिया था इसी तरह प्रवीन जैसा ही कोई आदमी सार्जेंट टाम के हाथ लग गया होगा, जिसने नवीन के शहरवाले ठिकाने का पता उसे बता दिया होगा। वरना नवीन और उसके सभी साथियों को एक साथ गिरफ्तार कर पाना आसान काम नहीं था।

शान्ता का अनुमान सही था। नवीन का साथी बलराज जैसे ही अपने पिता रामबहादुर कैलाशनाथ की कोठी के गेट पर पहुँचा था, उसकी टोह में लगे पुलिस के जवानों ने उसे दबोच लिया था। और उसे अपने घर में जाने का मौका दिए बिना सीधे सार्जेंट टाम के पास ले आए थे।

प्रवीन ने तो जहाँ तक बर्दाश्त हो सका था पुलिस की क्रूर यातनाएँ बर्दाश्त की थीं लेकिन बलराज तो अपने आपको पुलिस स्टेशन पर पुलिस के जवानों से घिरा देखते ही सिट्टी-पिट्टी भूल गया था।

फिर जैसे ही सार्जेंट टाम ने उससे उसका नाम पता पूछा तो उसने सच-सच बता दिया कि वह शहर के पुराने रईस रायबहादुर कैलाशनाथ का बेटा है। यह जानते ही सार्जेंट टॉम ने मारपीट करने के बजाय उसे अपने पास बैठा लिया और उसे थर्ड डिग्री का सिर्फ डर दिखाकर ही सब कुछ

बड़ी आसानी से उलगवाकर हवालात में बन्द कर दिया था। औरं फिर अपने साथ काफी पुलिस फोर्स लेकर बलराज के बताए पते पर रवाना हो गया था।

प्रवीन की मृत्यु के लगभग सात-आठ वर्ष के बाद सार्जेंट टाम को नवीन को गिरफ्तार कर पाने में सफलता मिली थी। इन सात-आठ वर्षों तक नवीन उसे तिनगी का नाच नचाता रहा था।

❐

इस बीच सरस्वती का देहान्त हो चुका था। बाबूजी को थोड़ी-सी पेंशन मिलती थी उसमें घर का गुजारा हो पाना कठिन था इसलिए शान्ता कपड़ों की सिलाई करके बड़ी कठिनाई से घर की गाड़ी धकेले चली जा रही थी।

मुन्ना और मुन्नी की पढ़ाई-लिखाई से अधिक उसे मंजू की शादी की चिन्ता थी। शान्ता आधी-आधी रात तक कपड़े सीती रहती। मंजू भी उसकी सहायता करती थी। फिर भी घर का खर्च चला पाना एक कठिन समस्या बन गया था।

रात-दिन की मेहनत और चिन्ताओं ने शान्ता की उम्र दस वर्ष अधिक बढ़ा दी थी। सिर के आधे से अधिक बाल सफेद हो गए थे। शरीर दुबला हो गया था। रात-दिन की सिलाई ने आँखें कमजोर कर दी थीं। मजबूर होकर वह चश्मा लगाने लगी थी।

नवीन की गिरफ्तारी का पूरे घर पर गहरा असर पड़ा था। यह तो निश्चित था कि नवीन पर मुकदमे का नाटक करके अंग्रेज सरकार उसे फाँसी पर जरूर लटका देगी, क्योंकि उसी की बदौलत पूरे देश में अंग्रेजी शासन के विरुद्ध वारदातें हो रही थीं।

आए दिन किसी न किसी अंग्रेज को गोलियों से उड़ा दिया जाता। उसके साथ उसके चार-छह हिन्दुस्तानी अफसर भी मारे जाते थे।

इन्कलाब जिन्दाबाद के नारों की गूँज को कैद कर पाना अंग्रेजी शासकों के लिए कठिन हो गया था।

❐

इस बीच अखबारों में क्रान्तिकारियों को बदनाम करने की जबरदस्त मुहिम चलने लगी। उन पर तरह-तरह के इल्जाम आयद किए जाने लगे। खासतौर से नवीन के भाई प्रवीन की हत्या को बहुत उछाला गया और यह स्थापित करने की कोशिश हुई कि क्रान्तिकारियों ने गांधीवादियों को मौत के घाट उतारने का फैसला किया हुआ है...

कभी-कभी जेल में इन क्रान्तिकारियों को अखबार मिल जाता था। नवीन प्रत्येक उस खबर को ध्यान से पढ़ता था जिसमें उनके आन्दोलन को हत्यारों-डकैतों और जरायमपेशा लोगों की हरकतों का नाम दिया जा रहा था। उन पर तरह-तरह के कलंक लगाकर क्रान्तिकारी आन्दोलन के खिलाफ माहौल बनाया जा रहा था। नवीन इस कुप्रचार से बहुत त्रस्त और दुखी था। वहीं जेल में वे मौका मिलते ही अपनी मीटिंगें कर लेते थे !

ऐसी ही एक मीटिंग में एक दिन नवीन ने अपने साथियों से बात की—

''साथियो ! मुझे इस बात की रत्ती-भर भी चिन्ता नहीं है कि मेरा अन्तिम परिणाम क्या होगा ! मैं अच्छी तरह जानता हूँ कि हम सब पर जो मुकदमा चलाया जा रहा है वह सिर्फ एक नाटक है। दिखावा है। इस नाटक के द्वारा अंग्रेज संसार को यह जताना चाहते हैं कि उनकी कौम संसार की सबसे अधिक न्यायप्रिय कौम है। 1857 में मंगल पांडे से लेकर स्वाधीनता सेनानियों पर जितने भी मुकदमे चलाए गए, उन सबका एक ही फैसला सुनाया गया—मृत्यु-दंड। मातृभूमि की स्वतन्त्रता का संकल्प लेकर हम जिस दिन इस युद्धभूमि में कूदे थे हमने अपने सिर से कफन उसी दिन बाँध लिया था। अपने घर-परिवार, सगे-सम्बन्धियों के लिए हम उसी दिन मर गए थे। चिन्ता है तो सिर्फ एक बात की। अपने साथियों के माथे पर लगे कलंक की। हालाँकि हमने बड़े भाई प्रवीन के लिए मृत्युदंड ही निश्चित किया था और साथियों ने यह जिम्मेदारी मुझे सौंपी थी। लेकिन मुझे इन बेईमान, झूठे और मक्कार फिरंगियों पर रत्ती भर भी विश्वास नहीं था। मुझे विश्वास था कि प्रवीन भैया ने हमारा पता नहीं बताया होगा। उनके उलटे-सीधे जवाबों से सार्जेंट टाम ने खुद ही हमारे ठिकाने का अन्दाजा लगा लिया होगा या संयोग से वह अपने हथियार बन्द जवानों के साथ हमारी तलाश में हमारे ठिकाने की ओर आ गया होगा और जरा-सी भनक

मिलते ही उसने हम पर फायरिंग शुरू की होगी। मैंने इसी सच्चाई का पता लगाने के लिए एक साथी को अपना पत्र लेकर शान्ता भाभी के पास भेजा था।

"लेकिन उसके पत्र पहुँचाने के कुछ देर बाद ही न जाने किसने प्रवीन भैया को गोली मार दी थी। घरवालों ने यही समझ लिया था कि मेरा जो साथी पत्र लेकर आया था उसी ने प्रवीन भैया की हत्या की है। लेकिन मैं अच्छी तरह जानता हूँ कि मेरे उस साथी के पास 36 प्वाइंट का आटोमेटिक रिवाल्वर नहीं था। उसके पास माउजर पिस्तौल थी जो अब भी उसके पास है। फिर गोली इतनी करीब से चलाई गई थी जो प्रवीन भैया के सीने को छेदती हुई पीठ के पार निकल गई थी। लेकिन मेरे घरवालों का यही कहना है कि मेरे ही साथी ने प्रवीन भैया की हत्या की क्योंकि उन्होंने पुलिस की यातनाएँ बर्दाश्त न कर पाने पर हमारे ठिकाने का पता सार्जेंट टाम को बता दिया था।

"प्रवीन भैया की हत्या का यह झूठा आरोप मेरे साथियों के माथे पर लगा ऐसा बदनुमा दाग है जिसे मैं मिटा देना चाहता हूँ !" नवीन ने अपने साथ जेल में कैद अपने साथियों से कहा।

"यह तो तुम ठीक कहते हो नवीन। सचमुच प्रवीन पर चलाई गई गोली क्रान्तिकारियों के माथे पर कलंक का एक ऐसा टीका है जो हमारे इस पवित्र आन्दोलन को कलंकित करता है। अगर इस असत्य का निराकरण नहीं किया गया तो देश के स्वाधीनता संग्राम का जब भी इतिहास लिखा जाएगा, यह घटना हमारे इतिहास का एक काला पन्ना बन जाएगी और लोग इस झूठ को सच मान लेंगे !" अनवर ने कहा, "लेकिन नवीन भाई, सवाल यह है कि इस बात की सच्चाई का पता किस तरह चलाया जाए ? और देशवासियों को इस बात का कैसे विश्वास दिलाया जाए कि प्रवीन की हत्या में क्रान्तिकारियों का हाथ नहीं था।...इस बात को प्रमाणित करेगा कौन ? क्योंकि हम सब तो इस सेंट्रल जेल की ऊँची-ऊँची दीवारों के घेरे में कैद हैं।"

सभी लोग गम्भीरता से इस समस्या पर विचार करने लगे। नवीन और उसके सभी साथी जेल में थे। जेल से बाहर उनका भरोसे का कोई भी ऐसा

व्यक्ति नहीं था, जो इस काम को कर पाता।

''साथियो, इस घटना के लिए मैं खुद को ही जिम्मेदार समझता हूँ। प्रवीन भैया पर सार्जेंट टाम ने जो अत्याचार किए और फिर किसी अनजान व्यक्ति ने उन्हें गोली मार दी, यह खुद मेरी ही वजह से हुआ इसलिए यह भी मेरी ही जिम्मेदारी है कि मैं प्रवीन भैया के हत्यारे का पता लगाऊँ और अपने साथियों के माथे पर लगे इस कलंक को धो डालूँ !'' नवीन ने सोच में डूबी आवाज में कहा।

''लेकिन यह सम्भव कैसे हो सकता है नवीन,'' अनवर बोल उठा, ''हम लोगों के हाथ-पाँव बँधे हुए हैं। हम कर भी क्या सकते हैं ?''

''अनवर भाई, मैं हर सूरत में अपने आन्दोलन के माथे पर लगे कलंकों को धोकर रहूँगा। भले ही मुझे जेल की इन ऊँची-ऊँची दीवारों को तोड़कर फरार ही क्यों न होना पड़े !'' नवीन ने निर्णयात्मक स्वर में कहा।

''यह सेंट्रल जेल हमारे देश का सबसे बदनाम और खतरनाक जेल है। जेल की सबसे बाहरी दीवार तक पहुँचने के लिए कम से कम सात-आठ दीवारों को पार करना पड़ेगा। या फिर सात-आठ दरवाजों को तोड़कर आखिरी दीवार तक पहुँचना पड़ेगा, पर जेल के फाटक तक पहुँचना आसान काम नहीं है !'' चरण ने कहा, ''मैं अन्दर आते समय सारे जेल की स्थिति को देख चुका हूँ। हमारी दो कोठरियाँ जेल की सबसे भीतरी परकोटे के बीच बनी हुई हैं। इसके अलावा हम लोगों को डाकुओं-चोरों से भी अधिक खतरनाक अपराधी समझा जाता है। इसलिए हमारी इन कोठरियों पर हथियार बन्द जवानों का सख्त पहरा रहता है।''

''अगर इंसान का इरादा पुख्ता हो तो हजार रास्ते निकल आते हैं !'' नवीन ने कहा और गहरे सोच में पड़ गया।

❒

रात के घटाटोप अँधेरे ने सेंट्रल जेल की विशाल इमारत को अपने दामन में लपेट रखा था। कई दिन से आसमान में बादल छाए हुए थे। रह-रहकर बूँदा-बाँदी होती रही थी। लेकिन आज शाम से तो मूसलाधार बारिश हो

रही थी।

''हाय राम...मर गया रे...अब नहीं बचूँगा !'' अचानक बागी कैदियों की किसी कोठरी से चीख की आवाज आई।

उन कोठरियों के घेरे में बने दरवाजे पर पहरे पर तैनात सिपाही उस चीख-पुकार को सुनकर चौंक पड़ा। क्योंकि उस चीख के साथ ही उस कोठरी के आसपास की कोठरियों से तरह-तरह की आवाजें आने लगी थीं।

''साँप ! मेरी पिंडली में साँप ने काट लिया...'' दर्द-भरी चीख के साथ आवाज सुनाई दी।

पहरेदार ने जल्दी से ताला खोला और झपटकर उस कोठरी के दरवाजे पर पहुँच गया जिसके फर्श पर पड़ा एक बागी कैदी छटपटाते हुए कराह रहा था।

पहरेदार कुछ देर खामोश खड़ा सलाखों के बीच से टार्च की रोशनी डालकर उस कैदी की ओर देखता रहा। कैदी की चीख अब खामोशी में डूब गई थी। उसका छटपटाता हुआ बदन शान्त और बेहरकत हो गया था।

''अरे भाई क्या हुआ ?'' आसपास की कोठरी से कैदी दरवाजों की सलाखों के पास आ खड़े हुए थे।

''देखता हूँ भाई,'' सन्तरी ने कोठरी का दरवाजा खोलते हुए कहा, ''पिछले कई दिनों से मैंने एक काले साँप को देखा था। जेलर साहब को भी रिपोर्ट की थी। मैंने उसे मारने की भी कोशिश की थी लेकिन इस पीपल की जड़ में घुसकर वह गायब हो गया था। लगता है उसी ने इस कैदी को काट लिया है !'' सन्तरी ने बताया और कोठरी का दरवाजा खोलकर अन्दर चला गया।

''सन्तरीजी, जरा देखकर बताओ, हमारा साथी जिन्दा है या मर गया !'' पास की कोठरी से आवाज आई।

''इसे फौरन अस्पताल ले जाओ सन्तरी। अगर यह मर गया तो तुम्हारी तो बिसात ही क्या, हम जेलर साहब तक का जीना हराम कर देंगे !'' एक और ने धमकी दी।

उन लोगों की धमकियाँ सुनकर सन्तरी के हाथ-पाँव फूल गए। कैदी फर्श पर हाथ-पाँव फैलाए चित पड़ा हुआ था। उसका मुँह बन्द था और

आँखें एकटक छत पर टिकी हुई थीं।

सन्तरी ने जल्दी-जल्दी कैदी की नब्ज टटोली और फिर कैदी के सीने पर कान टिकाकर उसके दिल की धड़कन सुनने की कोशिश करने लगा।

अचानक कैदी के इधर-उधर फैले हाथ तेजी से उठे और उसने सन्तरी की गर्दन पूरी ताकत से दबोच ली।

सन्तरी हड़बड़ाकर कैदी के सीने पर से सिर उठाने लगा तो कैदी ने उसकी गर्दन दबोचे-दबोचे फर्श पर पटक दिया और उसके सीने पर बैठकर अपनी पूरी ताकत से उसकी गर्दन दबाने लगा।

सन्तरी के हलक से चीख तक नहीं निकल पाई। उसका मुँह फटा का फटा रह गया। उसका जिस्म कुछ सेकेंड छटपटाया और फिर उसकी आँखें पत्थर की कोठरी की अँधेरी छत पर जा टिकीं।

कैदी ने सन्तरी के सीने पर बैठे-बैठे उसकी गर्दन को तीन-चार झटके दिए। हर झटके के साथ उसकी गर्दन इधर-उधर झूलती रही। उसके प्राण-पखेरू उड़ चुके थे।

कैदी ने जल्दी से उठकर बड़ी फुर्ती से उसकी यूनीफार्म उतारकर खुद पहन ली और अपने कपड़े उसे पहना दिए। उसके जूते पहने, और टार्च तथा राइफल लेकर कोठरी से निकल आया।

सन्तरी ने जल्दबाजी में चाबियों का गुच्छा कोठरी के दरवाजे के ताले में ही अटका रहने दिया था। कैदी ने जल्दी से ताला बन्द करके गुच्छा पतलून की जेब में ठूँसा और फिर बड़े इत्मीनान से उसने दरवाजे में ताला लगाया और जेल के सदर फाटक की ओर चल दिया। उसकी चाल में किसी तरह की हड़बड़ाहट और जल्दबाजी नहीं थी। वह इस तरह चल रहा था जैसे जेल के राउंड पर निकला हो।

संयोग से जेल के फाटक पर एक ही सन्तरी था। अन्य तीनों सन्तरी, शायद ऊबकर इधर-उधर जा सोए थे।

''सन्तरी, खिड़की खोलो। एक बागी कैदी को साँप ने काट लिया है। मर गया या जिन्दा है, पता नहीं।'' उस सन्तरी ने अपनी राइफल सँभालते हुए कहा, ''भाई, बागी कैदी का मामला है। इसलिए डॉक्टर साहब और जेलर साहब को फौरन इत्तिला करना जरूरी है।''

"सिर्फ एक को ही डसा," सन्तरी हँस पड़ा। सारे बागी कैदियों को डस जाता तो हम लोगों को बेवक्त लेफ्ट-राइट से तो छुट्टी मिल जाती।"

उसने जल्दी से चाबियों का गुच्छा निकाला और फाटक की खिड़की खोल दी।

अन्दर से आनेवाला 'सन्तरी' बड़े इत्मीनान से उस ओर चल दिया जिस ओर जेल के डॉक्टर की कोठी थी।

फाटक खोलनेवाले सन्तरी ने खिड़की बन्द करके फिर ताला लगा दिया और एक बेंच पर बैठकर ऊँघने लगा।

❐

बैरक नम्बर सात की कोठरियों के दरवाजे पर खड़े क्रान्तिकारी काफी देर तक सलाखें पकड़े खड़े रहे। उन्होंने सन्तरी को अपने साथी की कोठरी से निकलते तो देखा था लेकिन आधा घंटा बीत जाने के बाद न तो वह सन्तरी वापस आता दिखाई दिया और न जेल का कोई डॉक्टर या जेल का कोई अधिकारी ही उधर आया। उन्होंने राहत की साँस ली।

तब एक धीमे स्वर में बोला, "साथियो, पंछी पिंजड़ा से आजाद हो गया है।

❐

"बाबूजी, कल हवेलीवाले मुकदमे की तारीख है। हो सकता है पिछली दो तारीखों की तरह वकील साहब आज भी कोई बहाना करके कोर्ट में न आएँ," शान्ता ने चिन्ता भरी आवाज में कहा, फिर एक पल रुकी और लम्बी साँस भरकर बोली, "बेचारे वकील साहब भी क्या करें। कितनी ही तारीखें निकल गईं उनकी फीस तक नहीं पहुँची। भगवान ही जाने क्या नतीजा होगा इस मुकदमे का !"

बाबू कुन्दनलाल खुद भी इसी के बारे में सोच रहे थे। वह अच्छी तरह जानते थे कि फीस लिये बिना वकील द्वारिका दास पेशी पर हाजिर नहीं

होंगे। लेकिन उनकी फीस आए कहाँ से ? शान्ता और मंजू रात-दिन सिलाई-कढ़ाई करके जो पैसे कमाती थीं, उनसे दोनों वक्त की रोटी ही मुश्किल से जुट पाती थी। मकान में कोई हिस्सा ऐसा नहीं था जिसे किराए पर चढ़ा देते। फिर इसलिए भी मकान किराए पर देने की बात नहीं सोचते थे कि किराएदार आते ही घर की इज्जत उजागर हो जाएगी। उन्हें भूखे पेट सोना तो मंजूर था लेकिन यह मंजूर नहीं था कि उनकी गरीबी और मजबूरियाँ चर्चा का विषय बन जाएँ।

वह देर तक बैठे कुछ सोचते रहे। फिर शान्ता के जाने के बाद उठे और अपने सन्दूक के कोने में छिपी कपड़े की गाँठ निकाली। जिसमें वह रोजाना की मजदूरी के पैसे इकट्ठे करते रहते थे। शान्ता को उन्होंने यह बता रखा था कि वह अपने एक पुराने मित्र के लड़के को ट्यूशन पढ़ाने जाया करते हैं पर असलियत यह थी कि घर में मन न लगने के कारण वे शतरंज खेलते हुए सारा दिन अपने पुराने दोस्त के साथ ही बिता देते थे।

उन्होंने पैसे गिनकर देखे। कुल तैंतालीस रुपए थे। वकील साहब को पचास रुपए देने थे। अभी सात रुपए की कमी थी।

उन्होंने रुपए उसी कपड़े में बाँधकर सन्दूक में कपड़ों के नीचे रख दिए और दरवाजे की ओर चल दिए।

"बाबूजी, चाय अभी बन रही है।" शान्ता ने उन्हें बाहर जाते देखकर कहा, "चाय पीकर ही जाइएगा ट्यूशन पर। आपके लिए दो रोटियाँ भी सेंक देती हूँ। रोज-रोज किसी दोस्त के घर खाना खाना अच्छी बात नहीं है।"

"क्या करूँ बेटी, बहुत मना करता हूँ लेकिन मेरा बचपन का दोस्त और उसकी घरवाली जिद करके खिला देते हैं। मैं नहीं खाता तो वह भी बिना खाए शतरंज खेलता रहता है। मेरी वजह से वह भूखा रहे यह मुझे बर्दाश्त नहीं है। इसलिए मजबूरन खाना पड़ता है !" बाबू कुन्दनलाल ने भर्राई आवाज में कहा और दरवाजे से निकलकर सड़क पर आ गए।

ये दिन भी देखने पड़ेंगे, बाबू कुन्दनलाल ने कभी सोचा भी नहीं था। भगवान ने दो बेटे दिए थे। पेट काटकर उन्हें पढ़ाया-लिखाया था। उनमें

से बड़ा तो स्कूल में हेडमास्टर बन गया लेकिन छोटे ने वह रास्ता चुना जो घर को खुशहाली के बजाय बदहाली की तरफ ले गया। उसी की वजह से घर का एकमात्र कमानेवाला व्यक्ति चला गया। उसी की वजह से रिटायर हो जाने के बाद उन्हें आज तक कोई छोटी-मोटी नौकरी तक नहीं मिल सकी। नौकरी देनेवाले जानते थे कि उनका बेटा क्रान्तिकारी है। सरकार का दुश्मन है। अगर उन्हें नौकर रखा तो पता नहीं उनकी मदद करने के जुर्म में पुलिस उसे कब पकड़कर हवालात में डाल दे—इस डर से जो पुराने परिचित थे और जिनके कारोबार में और भी बहुत से लोग लगे हुए थे, उन्होंने भी साफ इनकार कर दिया था। मजबूर हो जाने पर बाबू कुन्दनलाल के सामने एक ही रास्ता रह गया था—मेहनत-मजदूरी। वह सवेरे ही घर से निकलकर रेलवे स्टेशन या बस के अड्डे पर चले जाते थे। भारी बोझ उठा पाने की तो उनमें ताकत नहीं थी, इसलिए छोटा-मोटा बोझा ढोकर दिन-भर में पाँच-छह रुपए कमा लेते थे। और जब पचास रुपए इकट्ठे हो जाते थे तो शान्ता को यह कहकर दे देते थे कि ये रुपए ट्यूशन से मिले हैं।

एक मजदूर के हाथ में छड़ी—यह छड़ी की नहीं मजदूर की तौहीन है—यह सोचकर उन्होंने बिन छड़ी के ही आना-जाना शुरू कर दिया था। हालाँकि बिना छड़ी के उन्हें चल पाने में बड़ी कठिनाई होती थी। लेकिन उससे भी ज्यादा कठिनाई उस वक्त होती थी जब वह किसी से कहते थे, “आपका सामान ले चलूँ बाबूजी ? पहले तो बाबूजी उनके हाथ में छड़ी देखते ही दूसरे मजदूर को आवाज देकर बुला लेते थे। या अगर ‘हाँ’ कह देते थे तो छड़ी लेकर बोझा ढोने में परेशानी होती थी। बाबू कुन्दनलाल की आँखों में मोतियाबिन्द उतर आया था। लेकिन पैसे की कमी और महीने-भर तक बेकार बैठे रहने की चिन्ता के कारण अभी तक उन्होंने ऑपरेशन नहीं कराया था।

फुटपाथ पर आती-जाती भीड़ से बचते हुए वह रेलवे स्टेशन पहुँच जाते थे। उनके बुढ़ापे को देखकर स्टेशन पर स्थायी रूप से काम करनेवाले कुली और मजदूर उन्हें दूसरे मजदूरों की तरह धमकाकर और धक्के मारकर भगाते नहीं थे। बल्कि मजदूरी मिलने में उनकी मदद कर देते थे।

बाबू कुन्दनलाल प्लेटफार्म के ठीक सामनेवाले गेट के बाहर एक खम्भे का सहारा लिये खड़े इन्तजार कर रहे थे कि कोई हल्का बिस्तर-बक्स या दूसरा सामान लेकर निकले तो आगे बढ़कर वह उससे सामान ले जाने के लिए कहें। तभी एक नौजवान गेट से बाहर आया, उसके एक हाथ में एक भारी अटैची थी और दूसरे हाथ में किताबों और फाइलों का एक गट्ठर। शायद दोनों ही चीजें भारी थीं। उसने खम्भे के पास पहुँचकर अपनी अटैची और गट्ठर नीचे रख दिया और कुली की तलाश में इधर-उधर देखने लगा।

बाबू कुन्दनलाल उसे कुली की तलाश करते देख आगे बढ़कर बोले, ''साहब अगर इजाजत दें तो मैं पहुँचा दूँ आपका सामान...मजदूरी जो भी जी में आए दे दीजिएगा।''

ट्रेन से उतरनेवाला यात्री उनकी आवाज सुनते ही बुरी तरह चौंक पड़ा। एक मजदूर इतनी साफ-सुथरी जबान नहीं बोल सकता। जरूर काफी पढ़ा-लिखा है। शायद किसी परेशानी ने इसे मजदूरी करने पर मजबूर कर दिया है।

यात्री को खामोश देखकर बाबू कुन्दनलाल ने अपने सिर पर लिपटी चादर जैसे ही सामान रखने के लिए सँभाली यात्री की आँखें आश्चर्य और दुख से फटी रह गईं।

''अरे !'' यात्री ने उनके दोनों कन्धे पकड़ लिये, ''बाबूजी, आप...और इस हालत में ? या खुदा...कभी-कभी तू इतनी बेरहमी पर क्यों उतर आता है।''

बाबू कुन्दनलाल की आँखें छलक उठीं, वे अपनी आँसू-भरी धुँधली आँखों से यात्री को पहचानने की कोशिश करने लगे, ''आप...!''

''बाबूजी, मैं सलीम हूँ। आपकी बहू शान्ता के मैके का पड़ोसी—मेरे और शान्ता के पिता रेलवे में साथ-साथ काम करते थे। शायद आपको याद तो होगी कि शान्ता के भाई के बीमार हो जाने की वजह से शादी के बाद मैं ही शान्ता को विदा कराने आया था।''

''सलीम बेटे...'' बाबूजी फफक उठे और सलीम ने कन्धे पर सर टिकाकर किसी बच्चे की तरह फूट-फूटकर रोने लगे।

''ऐ रिक्शेवाले !'' सलीम ने एक रिक्शेवाले को पुकारा।

"कहाँ चलना है साब !" रिक्शेवाले ने रिक्शा सलीम के सामने रोकते हुए पूछा।

"पहले यह सामान उठाकर रिक्शे में रखो।" सलीम ने कहा।

रिक्शेवाले ने किताबों का गट्ठर और अटैची उठाकर रिक्शे में रख दी।

सलीम ने सहारा देकर बाबूजी को रिक्शे में बैठाया और फिर उनके मकान का पता बताकर खुद भी उनके बराबर आ बैठा।

"मेरी एक दरख्वास्त है सलीम बेटे..." बाबूजी ने गीली आँखें चादर के छोर से पोंछते हुए कहा।

"दरख्वास्त नहीं, हुक्म कीजिए बाबूजी, मैं तो आपके बेटे के बराबर हूँ" सलीम ने कहा, "आप बिना किसी झिझक के हुक्म कीजिए।"

"सलीम बेटे, जो कुछ तुमने देखा है उसकी चर्चा शान्ता बहू से मत करना वरना उसे बहुत ही दुख होगा।"

"मैं जानता हूँ बाबूजी," सलीम ने यकीन दिलाया, "अब मैं इसी शहर में रहता हूँ और मैंने यहीं वकालत शुरू कर दी है।"

"वकालत ? यह तो और भी खुशी की बात है बेटे। शायद कभी शान्ता या उसके पिताजी ने बताया हो कि मेरे बड़े भाई और मेरे बीच जमीन-जायदाद को लेकर बरसों से मुकदमा चल रहा है। वह सिविल कोर्ट से मुकदमा हार चुके हैं। अब हाई कोर्ट में उन्होंने अपील दायर कर रखी है। मेरे पास वकील साहब की फीस के लिए रुपए नहीं थे। इसलिए पिछली दो तारीखों पर वकील साहब ने बहाने बनाकर तारीख ले ली। अब परसों की तारीख है। उन्हीं की फीस के लिए रुपए इकट्ठे करने के लिए मजदूरी करने यहाँ चला आया था।"

"आप मुकदमे की चिन्ता मत कीजिए। मैं देख लूँगा। आप मुझे कल अपने वकील साहब के पास ले चलिए। मैं उनसे मुकदमे की मिसिल ले लूँगा और परसों कोर्ट में हाजिर हो जाऊँगा !" सलीम ने कहा, "अल्लाह ने चाहा तो आप हाईकोर्ट से भी मुकदमा जीतेंगे। मैं आपको यकीन दिलाता हूँ।"

"भगवान तुम्हें सलामत रखे बेटा !" बाबू कुन्दनलाल बोले।

तभी रिक्शा बताए हुए पते पर पहुँचकर रुक गया।

सलीम ने रिक्शे से उतरकर सँभालकर बाबूजी को रिक्शे पर से उतारा।

रिक्शेवाले ने सामान उठाकर घर के दरवाज़े के आगे रख दिया।

''शान्ता बहू,'' बाबू कुन्दनलाल ने घर में कदम रखते ही पुकारा, ''देखो तो हमारे घर कौन आया है !''

बाबूजी की आवाज सुनते ही शान्ता ने मशीन रोक दी और उठकर बैठक की ओर चल दी।

''अरे...सलीम भाई, आप !'' शान्ता आश्चर्य-भरी खुशी से बोली।

''कुछ महीनों से अब मैं यहीं आ गया हूँ, शान्ता। बाबूजी से आज रास्ते में मुलाकात हो गई सो चला आया !'' सलीम ने बताया।

''और अगर बाबूजी से मुलाकात न हुई होती तो शायद आप आते ही नहीं,'' शान्ता ने उलाहने-भरे स्वर में कहा, ''कितने दिन हो गए आपको इस शहर में आए हुए ?''

''यही कोई सात-आठ महीने...यहाँ हाई कोर्ट है न। हर चौथे-पाँचवें दिन मुझे यहाँ आना पड़ता था मुकदमों के सिलसिले में। अपनी सहूलियत के लिए मैंने शहर का मकान बेचकर यहीं एक मकान खरीद लिया है। उसी में आफिस खोल लिया है।'' सलीम ने बताया। मकान और आफिस के इन्तजाम के चक्कर में मैं तुम्हारे घर नहीं आ पाया। लेकिन यह मत सोच लेना कि मैं तुम लोगों को भूल गया था। रोजाना आने का इरादा करता था लेकिन कोई न कोई मुवक्किल आ टपकता था।''

''अच्छा, और अम्मी तो ठीक है न !'' शान्ता ने पूछा।

''यह बात तो वे दोनों ही जानते होंगे शान्ता...'' कहते-कहते सलीम का गला भारी हो उठा।

''क्या मतलब ?'' शान्ता बुरी तरह चौंक पड़ी।

''दो साल पहले वे दोनों हज करने गए थे। उनका हज तो पूरा हो गया था लेकिन वापसी के वक्त हाजियों में भगदड़ मच जाने पर बहुत

से हाजी मारे गए। उन मरनेवालों में अब्बा और अम्मी भी थे।'' सलीम ने भरे गले से बताया, ''खबर मिलने पर मैं वहाँ पहुँचा था। उनकी लाशों को मैं वहीं एक ही कब्र में साथ-साथ दफन कर आया। वे दोनों मदीना पाक की धरती में इत्मीनान से सो रहे हैं शान्ता। दफन के लिए उन्हें इससे मुबारक और पाक जमीन और कहाँ मिलती !''

शान्ता कुछ कह नहीं पाई। उसकी आँखें गीली हो गईं।

चाय आदि पिलाने के बाद शान्ता ने ऐसे ही पूछ लिया, ''और शादी...?''

सलीम ठहाका मारकर हँस पड़ा, ''जरूरी नहीं है कि हर शख्स शादी करे इस गुलाम मुल्क में,'' सलीम ने बड़ी सादगी से कहा, ''शादी करने के बाद गुलामों की तादाद में इजाफा करना क्या जरूरी है शान्ता।''

इधर-उधर की और बातें चल ही रही थीं कि तभी मुन्ना और मुन्नी पीठ पर बस्ते लटकाए स्कूल से लौट आए।

''माँ, खाना दो, बड़ी जोर की भूख लगी है...'' दोनों ने बस्ते एक चौकी पर पटकते हुए कहा।

मुन्ना-मुन्नी को देखते ही सलीम जितनी बुरी तरह चौंका उससे भी ज्यादा बुरी तरह से मुन्ना-मुन्नी चौंक पड़े थे। बस्ते चौकी पर पटकने के बाद वे दोनों बैठना तक भूल गए थे।

सलीम के आगे दो बच्चों के चेहरे नाच उठे थे जो कचहरी की ओर जानेवाली सड़क पर अन्धे भाई-बहन के रूप में भीख माँगा करते थे। हालाँकि सलीम को भिखारियों से सख्त नफरत थी फिर भी वह उन दोनों बच्चों को उनके बिना माँगे ही हर रोज एक रुपया या एक अठन्नी दे दिया करता था और मन ही मन मुल्क की गरीबी और बदहाली को कोसता हुआ कोर्ट चला जाता था।

सलीम सोच में डूबा बैठा था कि तभी एक बुढ़िया अन्दर आई।

''सलमा बुआ आओ !'' शान्ता ने मुस्कुराते हुए बुढ़िया का स्वागत किया।

''शान्ता बहू, मुझे बिटिया ने भेजा है। उसका बुर्का सिल गया न ?'' बुढ़िया ने एक चारपाई पर बैठते हुए पूछा।

"बस थोड़ी-सी कसर रह गई है। शाम को मैं पहुँचा दूँगी। आप परेशान मत होना !" शान्ता ने बुढ़िया के करीब आकर कहा।

"लेकिन बहू, बड़ी बिटिया तो शाम की गाड़ी से लखनऊ जा रही है।"

"उनकी गाड़ी का वक्त मुझे मालूम है। उससे दो घंटे पहले ही बुर्का उन्हें मिल जाएगा।"

"बड़ी बी, लखनऊ तो बुर्के सीनेवालों की खान है फिर ..." सलीम ने बड़ी बी से पूछा।

"सलीम भाई, लखनऊ और भोपाल के बुर्के में काफी फर्क होता है। मैं जो बुर्का बनाती हूँ वह भोपाल के बुर्के की बनावट का होता है। लखनऊ के बुर्के से कहीं ज्यादा शानदार दिखाई देता है।"

"मैं चलती हूँ बहू।" बुढ़िया ने कहा और उठकर चली गई।

"शान्ता, ये भोपाली बुर्के बनाने तुमने कहाँ सीखे? क्या कभी भोपाल गई थी ?" सलीम ने हैरानी से पूछा।

"सलीम भाई, इस भोपाली बुर्के की भी एक दिलचस्प कहानी है !" एक मुद्दत के बाद शान्ता के होठों पर मुस्कुराहट खेल उठी।

"दिलचस्प कहानी ?"

"हाँ, सलीम भाई," शान्ता ने याद करते हुए कहा, "नवीन लालाजी पुलिस की वजह से मेरी शादी के मौके पर नहीं आ सके थे। लेकिन जब मैं विदा होकर बारात के साथ ससुराल आ रही थी तो वह भेष बदलकर, एक बुर्का पहनकर मेरे डिब्बे में मेरे करीब आ बैठे थे। पहली बार हम दोनों ने एक दूसरे को देखा। कुछ देर बातें हुईं लेकिन अगले स्टेशन पर ही पुलिस ने ट्रेन को घेर लिया। नवीन उस बुर्के को छोड़कर ट्रेन से कूद गए। वह बुर्का भोपाल के सबसे मशहूर टेलर के हाथ का बना हुआ था। अपनी पड़ोसिन बेगम साहिबा के लिए मैंने ठीक उसी डिजाइन का बुर्का तैयार किया जो पूरी बस्ती की औरतों को बेहद पसन्द आया। और तब से यहाँ की औरतें मुझे बुर्का स्पेशलिस्ट मानने लगी हैं।"

"अरे वाह, मैं तुम्हें आज तक सिर्फ अचार स्पेशलिस्ट ही मानता था शान्ता," सलीम हँस पड़ा, "चलो, तुम्हें घर बैठे एक सर्टिफिकेट और मिल गया...खुशी हुई।"

बैठक में से आते हुए बाबूजी ने सलीम की बात सुन ली थी। हँसकर बोले, "सलीम बेटे, शान्ता सचमुच बहुत ही बढ़िया अचार बनाती है। कभी-कभी सोचा करता हूँ कि क्यों न अचार का काम कर लिया जाए। लेकिन बिना पैसे के कोई काम हो भी कहाँ सकता है ?"

"अब मैं यहाँ आ गया हूँ। कुछ न कुछ सोचेंगे बाबूजी, आप फिक्र मत कीजिए। जब वे दिन नहीं रहे तो ये दिन भी नहीं रहेंगे..." सलीम ने कहा और चलने के लिए उठ खड़ा हुआ।

❐

सलीम ने बाबूजी के साथ जाकर उनके वकील एडवोकेट द्वारिका दास से मुकदमे की मिसिल ले ली थी। और रात-भर जागकर अगले दिन की पेशी की तैयारी करके ठीक वक्त पर, बाबूजी को साथ लेकर, कोर्ट पहुँच गया था।

सलीम ने मुकदमे में ऐसी दलीलें पेश कीं कि जजों की बेंच ने हवेलीवाली का रिवीजन खारिज करके लोअर कोर्ट के फैसले की बहाली मंजूर कर दी।

और बरसों से चला आ रहा मुकदमा चौथी पेशी में खत्म हो गया।

सलीम को और भी दो-तीन मुकदमों में पेश होना था इसलिए उसने एक रिक्शेवाले को पैसे देकर बाबूजी को रिक्शे में बैठाकर घर भेज दिया।

"शान्ता बेटी...!" बाबूजी ने रिक्शे से लगभग कूदते हुए दरवाजे पर से ही शान्ता को पुकारा।

"आई बाबूजी !" शान्ता सुई रखकर बाहर आ गई।

"हम मुकदमा जीत गए बेटी–हम मुकदमा जीत गए !" बाबूजी ने खुशी से काँपती आवाज में कहा।

"लाख-लाख शुक्र है बाबूजी," शान्ता ने दोनों हाथ जोड़कर आकाश की ओर देखते हुए कहा, "भगवान कृष्ण ने गीता में सच ही कहा था–जहाँ सच्चाई होती है जीत भी वहीं होती है।"

बाबूजी की आवाज दीवार के पार बड़ी हवेली में पहुँच गई थी। उनकी भाभी धनवन्ती को चौरंगी ने कोर्ट से लौटकर पहले ही यह समाचार सुना दिया था, जिसे सुनते ही धनमन्ती बनारस वापस जाने की तैयारी करने लगी थी। हवेली का कीमती सामान वह पहले ही बनारस पहुँचा चुकी थी, क्योंकि उसे यकीन हो गया था कि वह मुकदमा हार जाएगी।

"चौरंगी, हो सकता है दो-चार दिन में कुन्दनलाल इस हवेली पर दखल कर ले। यह मुझसे बर्दाश्त नहीं होगा चौरंगी...मैं अपनी आँखों से अपने दुश्मन को इस हवेली पर दखल करते नहीं देख सकती !" हवेलीवाली ने गहरी साँस ली।

❐

सलीम ने बताया कि बड़ी हवेली पर दो-तीन दिनों में कब्ज़ा मिल जाएगा ! और तब लोगों को ताज्जुब था कि पूरी हवेली पर बाबू कुन्दनलाल को आखिर कब्जा कैसे मिल गया ! वजह यह थी कि पूरी पुश्तैनी जायदाद की कीमत आँकी गई थी जो कुन्दनलाल के बड़े भाई और भाभी ने बेच ली थी। बाबू कुन्दनलाल का तो पूरी जायदाद में आधा हिस्सा था, पूरी जायदाद की कीमत से जो आधा था, उतनी कीमत में हवेली उनके हिस्से में आ गई थी !

हवेलीवालों ने यही मुनासिब समझा था कि सारा माल असबाब समेट कर बनारस निकल जाएँ। जिन्दगी का बाकी हिस्सा वहीं गुजारें। कुछ पुराने मामलों के कारण चौरंगी का रुकना जरूरी था। वह रुका हुआ था।

शान्ता बहुत एहसानमन्द थी सलीम की ! उसने मायके और भाई का रिश्ता पूरी तरह निभा दिया था। इसके लिए शान्ता ने उसे धन्यवाद दिया था, तब सलीम ने बहुत सँभलकर बाबूजी और बच्चोंवाली बातें शान्ता को बताई थीं। शान्ता विश्वास नहीं कर सकी थी कि उसके बच्चे इतना सोच सकते थे। सलीम ने ही उसे बताया था कि अपने घर और माँ की गरीबी के कारण मुन्ना और मुन्नी कचहरीवाले चौराहे पर भीख माँगकर अपनी पढ़ाई के लिए पैसे इकट्ठे करते थे...और बाबूजी तो कुलीगीरी करते उसे

स्टेशन पर मिले थे ! तभी तो सलीम ने उन्हें पहचाना था ! उन्होंने सलीम को कसम दिला दी थी कि वह यह सच्चाई शान्ता बहू को न बताए ! पर बातों-बातों में सलीम बता ही गया, घर का यही हाल देखकर वह उनका मुकदमा भी लड़ा था और चाहता था कि किसी तरह शान्ता का आधा-अधूरा परिवार इज्जत की जिन्दगी जी सके।

शान्ता ने बच्चों से तो कुछ नहीं पूछा था पर बाबूजी से सबकुछ पूछ ही लिया था। पहले तो वह आनाकानी करते रहे पर अन्त में बोल ही पड़े—

''बेटी, आज तुम्हें मैं सबकुछ सच-सच बताए देता हूँ। मुझे अब दिखाई ही ठीक-ठीक नहीं देता तो मैं ट्यूशन क्या-कैसे करता...इसीलिए मैं रोजाना स्टेशन चला जाता था और शाम तक चार-छह रुपए की मजदूरी करके घर लौट आता था। तुमसे मैंने झूठ बोला था कि मैं अपने एक दोस्त के बेटे को पढ़ाने जाता हूँ और फिर सारे दिन उसी के साथ शतरंज खेलता रहता हूँ। मेरे इस झूठ के लिए मुझे माफ कर देना बेटी।''

बाबूजी की बात सुनकर शान्ता की आँखों में आँसू आ गए। रुँधे गले से बोली, ''बाबूजी, आपने इसी शहर में जन्म लिया। पले-बढ़े। तीस-पैंतीस साल इसी शहर में नौकरी की। आपको सैकड़ों आदमी जानते थे। आपने यह नहीं सोचा कि अगर किसी ने आपको पहचान लिया तो क्या सोचेगा...क्या कहेगा ?''

''लेकिन शान्ता बेटी, मुझे इस बात का गम नहीं है। मैंने जिन्दगी में कभी चोरी नहीं की, बेईमानी नहीं की। मजदूरी करना तो पुण्य का काम है बेटी।'' बाबू कुन्दनलाल बोले।

शान्ता कुछ कहना ही चाहती थी कि तभी सलीम को अन्दर आते देख चुप हो गई। और जल्दी से आँसू पोंछकर बोली, ''आइए सलीम भाई ! बैठिए...''

''एक प्याला चाय पिला दो शान्ता,'' सलीम ने कहा और फिर बाबूजी की ओर देखकर बोला, ''अगर आप लोगों को नागवार न गुजरे तो एक मशवरा दूँ।''

''जरूर दीजिए। आपसे बढ़कर हमारा शुभचिन्तक और कौन है !'' बाबूजी जल्दी से बोल उठे।

"बाबूजी, यह तो आप जानते ही हैं कि शान्ता तरह-तरह के अचार बनाने में माहिर है। क्यों न आप अचार का कारोबार शुरू कर दें। इसके लिए थोड़ी-सी पूँजी चाहिए। चाहें तो आपकी यह मदद मैं कर सकता हूँ। और अगर मुझसे न लेना चाहें तो हवेली के अलावा जो जायदाद आपको मिली है उसका कुछ हिस्सा बेच दीजिए। उम्र में आपके बेटे के बराबर हूँ लेकिन मेरा तजुर्बा कहता है कि जरूरत से ज्यादा जमीन-जायदाद घर में लड़ाई-झगड़े, फूट, मुकदमेबाजी की ही नहीं, बर्बादी की भी जड़ होती है।"

"आप ठीक कहते हैं सलीम बेटे। सालों तक बड़े भाई से मुकदमा लड़कर मैं इस बात को जान गया हूँ। आपका दूसरा मशवरा भी मंजूर है। बड़ी हवेली में कई कमरे हैं। आफिस भी वहीं बन जाएगा और वर्कशाप भी !" बाबूजी खुश होकर बोले।

"बाबूजी, मुझे कारोबार की उतनी चिन्ता नहीं है जितनी मंजू की है। आप कोई अच्छा-सा लड़का देखकर मंजू की शादी पहले तय कर दीजिए। अब मैं जल्द से जल्द मंजू की शादी कर देना चाहती हूँ।"

"तुम ठीक कह रही हो बहू। एक लड़का मेरी नज़र में है, जैसे ही हमारा काम-धन्धा शुरू होगा, मैं उसके पिता से बात कर लूँगा।" बाबूजी बोले।

"बाबूजी, मुझे अपने परिवार का ही एक सदस्य समझिए। जो भी मेरे लायक खिदमत हो बेझिझक बताते रहिएगा !" सलीम ने यकीन दिलाया।

और फिर सब लोग मिलकर अचार-मुरब्बे के करोबार की योजना बनाने लगे।

❒

अपनी मालकिन के जाने के बाद चौरंगी हवेली का बचा-खुचा सामान हवेली के हाल में इकट्ठा कर रहा था कि तभी भड़ाम से दरवाजा खुला।

चौरंगी ने चौंक कर दरवाजे की ओर देखा और दूसरे ही पल उसकी आँखें भय से फटी रह गईं। सारा बदन थरथर काँपने लगा। हलक से काँपती हुई आवाज निकली, "नहीं...नहीं...मुझे मत मारना...मैंने कुछ नहीं

किया है।''

''पहले यह खिड़की खोल और दूसरे मकान में चल। उसके बाद सोचूँगा कि तुझे मारना चाहिए या नहीं !'' दरवाजे में खड़े नवीन ने अपने हाथ की पिस्तौल लहराते हुए कहा।

चौरंगी मौत को सिर पर सवार देखकर अपने होश-हवास खो बैठा था। उसकी सारी गुंडई हवा हो गई थी। उसने जल्दी से खिड़की खोल दी और नवीन के आगे-आगे खिड़की से कूदकर दूसरे घर में पहुँच गया।

चौरंगी के पीछे-पीछे पिस्तौल लिये नवीन को आते देख आँगन में बैठे बाबूजी, शान्ता, मंजू और तीनों बच्चे घबराकर उठ खड़े हुए।

''नवीन...लालाजी तुम !'' शान्ता के मुँह से निकला, ''लेकिन...लेकिन यह क्या कर रहे हो ? चौरंगी को...।''

''भाभी, प्रवीन भैया को मेरे किसी क्रान्तिकारी साथी ने नहीं, इस चौरंगी ने मारा था। अपने साथियों के माथे पर लगे इस कलंक को मिटाने के लिए ही मैं जेल से फरार हुआ हूँ ताकि आप लोगों को पता चल जाए कि प्रवीन भैया का हत्यारा कौन है !'' नवीन ने कहा और फिर चौरंगी के सीने पर पिस्तौल की नाल टिकाकर बोला, ''बता, सच-सच बता...तूने ही प्रवीन भैया को गोली मारी थी न ?''

''नहीं नवीन बाबू...मैंने प्रवीन बाबू को गोली नहीं मारी !'' चौरंगी ने काँपती हुई आवाज में कहा, ''मालिकन ने ही अपने रिवाल्वर से गोली मारी थी। इस खिड़की की आड़ से। और उसके बाद...!''

''उसके बाद ?'' नवीन ने कड़ककर पूछा।

''उसके बाद मालकिन को सोते-जागते प्रवीन भैया अपने सामने और सपने में दिखाई देने लगे। डर के मारे उनका खाना-पीना, सोना, पान खाना सब कुछ छूट गया...'' चौरंगी ने बताया, ''तब एक पंडित ने उन्हें सलाह दी कि अगर वह प्रवीन की प्रेतात्मा से छुटकारा पाना चाहती हैं तो इस हवेली को छोड़कर काशी चली जाएँ। भगवान विश्वनाथ के दर्शन करें—गंगा में नित्य स्नान करें तभी उन्हें इस प्रेतात्मा से मुक्ति मिल सकती है। तभी वह काशी चली गईं। वहीं सत्ती चौरा के पास एक छोटे से टूटे-फूटे मकान में रह रही हैं। मालिक तो काशी पहुँचने के फौरन बाद ही इस संसार

को छोड़कर चले गए थे।''

''हूँ...तू सच बोल रहा है न ?'' नवीन ने पिस्तौल की नाल उसके सीने में चुभोते हुए पूछा।

''नवीन भैया, मैंने जिन्दगी में कभी कोई गलत काम नहीं किया। मेरा डील-डौल देखकर मालकिन ने मुझे नौकर रख लिया था और आप लोगों को डराने के लिए मुझे गुंडा मशहूर कर दिया था। वैसे मैंने आज तक किसी के साथ मारपीट या लड़ाई-झगड़ा तक नहीं किया। लेकिन इस पेट की खातिर—अपने बाल-बच्चों की खातिर गुंडा बनकर इस हवेली में मुझे रहना पड़ा। आप पुलिस से पूछताछ कर सकते हैं। मेरे खिलाफ आज तक पुलिस के पास कोई ऐसी रिपोर्ट नहीं है जो मुझे गुंडा साबित कर सके।''

तभी भारी बूटों की आवाजें सुनाई देने लगीं।

''चौरंगी, तू इस खिड़की से कूद जा। शायद पुलिस आ गई है !'' नवीन ने चौरंगी को खिड़की की ओर धकेलते हुए कहा।

चौरंगी ने खिड़की से कूदकर खिड़की बन्द कर ली।

''नवीन !'' सार्जेंट टाम की गरजती हुई आवाज आई, ''तुम चारों ओर से घेर लिये गए हो—अपनी पिस्तौल फेंककर अपने आपको हमारे हवाले कर दो !''

सार्जेंट टाम को अन्दर आते देख शान्ता ने उसे एक कमरे की ओर धकेल दिया और बाबूजी, मंजू तथा तीनों बच्चों के साथ उस कमरे के दरवाजे के सामने दीवार बनकर खड़ी हो गई।

नवीन ने सार्जेंट टाम के आँगन में पहुँचने से पहले ही खिड़की खोली और पिछली गली में कूदकर चारों ओर छाए रात के अँधेरे में गुम हो गया।

''कहाँ है नवीन ? वह जेल तोड़कर भागा है !'' सार्जेंट टाम ने कड़क कर पूछा।

शान्ता को यकीन हो चुका था कि नवीन अब तक पुलिस की पहुँच से दूर निकल चुका होगा। उसने सार्जेंट टाम पर व्यंग्य-भरी नजर डाली और मुस्कुराते हुए बोली, ''सार्जेंट, अगर नवीन जेल तोड़कर भागा है तो वह इसी घर में आया होगा, आपने यह कैसे यकीन कर लिया ! नवीन तो भारत माँ का बेटा है। भारत का हर घर आज उसका घर है। उसे किसी

दूसरे घर में तलाश कीजिए। इस घर में आकर वह दोबारा पुलिस के हाथों गिरफ्तार होने की बेवकूफी हरगिज नहीं कर सकता।''

''वह जरूर इस कमरे में है !'' सार्जेंट टाम ने कमरे की ओर रिवाल्वर उठाया।

''नहीं, वह जब इस घर में ही नहीं आया तो इस कमरे में होने का सवाल ही कहाँ उठता है !'' शान्ता ने शान्त लेकिन दृढ़ता-भरी आवाज में कहा।

''तुम लोग फिर इस कमरे का दरवाजा रोके क्यों खड़े हो ?'' सार्जेंट टाम गुर्रा उठा।

''यह हमारा पूजा का कमरा है। आप लोग बूट पहने कमरे में घुस गए तो यह भ्रष्ट हो जाएगा।'' बाबूजी बोल उठे।

''पूजा का कमरा है तो हम जूते उतारकर अन्दर जाएगा।'' सार्जेंट टाम अपने जूतों को खोलने लगा।

शान्ता का इशारा पाकर सब लोग उस कमरे के दरवाजे से हट गए।

सार्जेंट टाम ने कमरे में झाँककर देखा। सामने ही भगवान की कई मूर्तियाँ रखी थीं और वेदी की दूसरी सीढ़ियों पर पूजा का सामान रखा हुआ था।

कमरे में इसके अलावा और कुछ नहीं था।

❑

खिड़की से कूदते ही नवीन ने खिड़की के पट कसकर बन्द कर दिए थे। सार्जेंट टाम कुछ देर उस खिड़की को घूरता रहा फिर बढ़कर उसने खिड़की खोल दी।

खिड़की के बाहर अँधेरा और गहरा सन्नाटा छाया हुआ था। दूर तक न तो कोई परछाईं दिखाई दे रही थी और न कोई आहट ही सुनाई दे रही थी।

सार्जेंट टाम काफी देर तक खिड़की के सामने खड़ा रहा फिर पलटकर बाहर आ गया।

और फिर हारे हुए जुआरी की तरह अपने जवानों को लेकर वापस चला गया।

❐

नवीन उस दिन तो शान्ता की चतुराई से सार्जेंट टाम के घेरे से निकल गया लेकिन इस असफलता ने सार्जेंट टाम को इतना उत्तेजित कर दिया कि सोते-जागते हर समय उसे नवीन का चेहरा नजर आने लगा।

उसने और ज्यादा मुखबिरों का जाल बिछा दिया। इनाम की रकम बढ़ा दी। और नवीन की तलाश में इधर-उधर दौड़ने लगा।

आखिर एक दिन जब नवीन अपने साथियों के साथ एक नाव से यमुना पार कर रहा था, सार्जेंट टाम ने नदी के दोनों किनारों पर पुलिस का जाल फैलाकर नदी को घेर लिया।

''नवीन, आज तुम मेरे शिकंजे से बचकर नहीं जा सकते। नाव किनारे पर ले आओ और अपने साथियों के साथ खुद को हमारे हवाले कर दो !'' सार्जेंट टाम ने लाउडस्पीकर पर कहा।

नवीन ने नदी के दोनों किनारों की ओर नजर दौड़ाई। नदी के दोनों किनारों पर पुलिस के बजाय सेना के हथियार-बन्द जवान खड़े थे। उनकी राइफलों की नालें नवीन की नाव की ओर तनी हुई थीं।

नवीन ने नदी के दोनों छोरों की ओर नजर दौड़ाई। दोनों ओर से हथियार-बन्द सैनिकों से भरी कई नावें चली आ रही थीं।

नवीन की नाव तेजी से घिरती चली जा रही थी। अब तो नदी में कूदकर तैरते हुए हथियार-बन्द सैनिकों के घेरे से निकल पाना नामुमकिन था।

नवीन ने धीमी आवाज में अपने साथियों से कहा, ''यहाँ गोली खाकर मरने से बेहतर है मुकदमा लड़कर फाँसी के तख्ते पर चढ़ना। मेरी राय में तो आत्म समर्पण करना ही बेहतर होगा।''

साथियों ने सहमति प्रकट कर दी।

''सार्जेंट, हम लोग आ रहे हैं,'' नवीन ने चिल्लाकर कहा, ''हमने अपने

हथियार डाल दिए हैं। अपने नौजवानों को हुक्म दो कि वे गोलियाँ चलाना बन्द कर दें !''

नवीन के कहने पर उसके दोनों साथियों ने नाव उस किनारे की ओर मोड़ दी, जिस किनारे पर सार्जेंट टाम अपने जवानों के साथ खड़ा था।

''वाकई तुम बहुत समझदार हो नवीन !'' सार्जेंट टाम ने नवीन को अपनी ओर निहत्था बढ़ते देख, खुश होकर कहा।

''लेकिन चतुराई में आपका भी जवाब नहीं सार्जेंट। आखिर मुझे और मेरे साथियों को अपने जाल में फँसा ही लिया।'' नवीन ने सार्जेंट टाम की ओर बढ़ते हुए उत्तर दिया।

''नवीन ! तुम्हारा स्वागत है !'' सार्जेंट टाम ने अपना रिवाल्वर लहराते हुए कहा।

नवीन के लिए इतना वक्त ही काफी था। नवीन और उसके साथियों को निहत्था देखकर सार्जेंट टाम उनकी ओर से असावधान हो गया था। नवीन और उसके साथियों को गिरफ्तार कर पाने की खुशी ने उसे पागल बना दिया था।

उसके करीब पहुँचते ही नवीन ने उसके रिवाल्वर पर झपट्टा मारा। और जब तक सार्जेंट टाम कुछ समझ पाता, उसके सीने पर रिवाल्वर टिकाकर ट्रिगर दबा दिया।

अपने कमांडर को आक्रामक होते देख उसके साथियों ने भी दो तीन सैनिकों की राइफलें छीन लीं और उन्हें निशाना बनाने लगे।

लेकिन राइफलों में सिर्फ दो-दो ही गोलियाँ थीं। जितनी देर में नवीन के साथी मरे हुए सैनिकों से गोलियाँ जुटा पाते, सशस्त्र सैनिकों ने उनके सीने और पीठ पर अपनी राइफलों की नाल टिका दी।

नवीन का रिवाल्वर भी खाली हो चुका था। उसने रिवाल्वर फेंककर दोनों हाथ ऊपर उठा दिए।

❑

नवीन और उसके साथियों को फाँसी की सजा सुनाने से पहले ही

हथकड़ी-बेड़ियों में जकड़कर काल कोठरियों में कैदकर दिया गया।

गिरफ्तार होते-होते नवीन और उसके साथियों ने सार्जेंट टाम और सेना के बीस जवानों को मौत के घाट उतार दिया था। उन लोगों की गिरफ्तारी और बहादुरी की दास्तान जंगल की आग की तरह पूरे देश में फैल गई।

जेल में ही एक अदालत नवीन और उसके साथियों के मुकदमे की सुनवाई करने लगी। नवीन और उसके साथियों को अपनी ओर से वकील करने की इजाजत तो मिल गई, लेकिन अंग्रेज जजों और जूरियों की यह अदालत और मुकदमा केवल एक नाटक था।

नवीन और उसके साथियों पर जेल तोड़कर फरार होने, सार्जेंट टाम की हत्या, ट्रेन डकैती के अलावा तीस-चालीस से अधिक पुलिस और सेना के जवानों की हत्या करने के आरोप लगाए गए थे।

❐

सलीम ने मुकदमे की पूरी मेहनत से पैरवी की लेकिन अंग्रेज सरकार ने तो इस मुकदमे का पहले ही निर्णय कर लिया था। नवीन और उसके साथियों को फाँसी की सजा सुनाई गई।

सलीम द्वारा वायसराय से की गई क्षमा की अपील भी खारिज कर दी गई।

"मैं जानती थी सलीम भाई...यह मुकदमा महज एक नाटक है। यह अंग्रेज सरकार क्रान्तिकारियों और खासतौर पर नवीन को फाँसी पर लटकाए बिना चैन से नहीं बैठेगी !" शान्ता ने फैसला सुनकर कहा।

"मैंने दरख्वास्त दी थी कि तुम्हें और बाबूजी को आखिरी बार नवीन से मिलने की इजाजत दी जाए लेकिन सरकार ने सिर्फ बाबूजी को ही मिलने की इजाजत दी है !" सलीम ने बताया।

शान्ता खून के आँसू पीकर रह गई।

❐

''बाबूजी, आप एक बहादुर बेटे के बाप हैं। आपकी आँखों में आँसू अच्छे नहीं लगते,'' नवीन ने कहा, ''इन आँसुओं को पोंछ डालिए। रोना तो उन लोगों की मौत पर चाहिए जो अपने देश और अपने समाज के लिए बिना कुछ किए मर जाते हैं। मैंने और मेरे साथियों ने देश की आजादी के लिए अंग्रेजों से जंग लड़ी और आप तो अच्छी तरह जानते ही हैं कि जंग में एक की जीत होती है और दूसरे की हार। हमारे पास अंग्रेजों से मुकाबला करने के साधन नहीं थे इसलिए हमें हार का मुँह देखना पड़ा।

''बाबूजी, मुझे अपनी मौत की कोई चिन्ता नहीं, अगर चिन्ता है तो आपकी है, शान्ता भाभी की है। बच्चों की है, मंजू की है। मैं अपनी जिन्दगी में उन्हें आँसुओं और दुखों के अलावा और कुछ नहीं दे पाया। लेकिन बाबूजी, मेरी मौत पर आँसू मत बहाइए। आपका बेटा बहादुरों की तरह अंग्रेजों की इतनी बड़ी ताकत से लड़ा और कल सुबह सूरज की पहली किरण के साथ उसी बहादुरी से फाँसी के फन्दे को अपने गले में पहन लेगा। बस, इतना जरूर कीजिएगा कि जब आपको मेरी लाश मिल जाए तो उसका दाह संस्कार उसी जगह करवाइएगा जहाँ प्रवीन भैया का दाह संस्कार किया गया हो।''

''बेटा, इस बुढ़ापे का आखिरी सहारा भी भगवान ने मुझसे छीन लिया !'' बाबूजी की आँखों से फिर से आँसू बह चले।

''बाबूजी, अब आपका सहारा शान्ता भाभी बनेंगी...मैं जानता हूँ कि वह कितनी समझदार हैं, उनमें कितनी सहन शक्ति है। दुखों से लड़ने की कितनी ताकत है उनमें ! मेरा उन्हें प्रणाम कहिएगा।''

''बेटा...!'' बाबूजी के धीरज का बाँध टूट गया।

''चलो बाबा, मिलाई का वक्त खत्म हो गया।'' एक संतरी ने बाबूजी के पास आकर कहा।

बाबूजी ने आखिरी बार नवीन के सिर पर हाथ फेरा और आँसू पोंछते, मुड़-मुड़कर नवीन को देखते हुए संतरी के पीछे-पीछे चल दिए।

अगले दिन सूरज की पहली किरण फूटते ही नवीन और उसके साथियों को फाँसी पर लटका दिया गया।

❒

सलीम के मशवरे के मुताबिक बाबू कुन्दनलाल ने थोड़ी-सी जायदाद बेच दी और बड़ी हवेली के बजाय एक नई इमारत खरीदकर अचार-मुरब्बे का कारोबार शुरू कर दिया।

बाबूजी ने जिस लड़के को मंजू के लिए पसन्द किया था उसी लड़के के साथ बड़ी धूमधाम से मंजू की शादी हो गई। अचार का कारोबार शुरू होते ही पैसे की कोई कमी नहीं रही थी। शान्ता ने जी खोलकर ननद का दान-दहेज दिया। एक दिन लड़के के जिस बाप ने बाबूजी की गरीबी देखकर शादी करने से इनकार कर दिया था, उसने उनकी आर्थिक स्थिति के सुधरते ही खुद ही शादी का प्रस्ताव बाबूजी के सामने रखा और फिर खुशी-खुशी मंजू को बहू बनाकर अपने घर ले गया।

शान्ता ने इत्मीनान की साँस ली। एक बहुत बड़ी जिम्मेदारी से उसे मुक्ति मिल गई थी।

मुन्ना और मुन्नी कॉलेज में पढ़ रहे थे।

कालेज में ही मुन्ना की मुलाकात अपनी ही क्लास में पढ़नेवाली किरण से हुई और फिर यह मुलाकात कब प्रेम में बदल गई दोनों ही नहीं जान पाए।

शान्ता ने अपने टेबल पर रखी डाक खिसकाकर अपने सामने रख ली और एक-एक लिफाफे को खोलकर पढ़ने लगी। सभी चिट्ठियाँ देश के विभिन्न शहरों के उन व्यापारियों की थीं, जिन्होंने शान्ता के अचार की एजेंसी ले रखी थी।

हर चिट्ठी को पढ़कर उस पर जरूरी नोट लिखकर शान्ता एक ट्रे में रखती जाती थी। और फिर अपने एकाउंटेंट मिंटो को बुलाकर ट्रे की ओर इशारा करके बोली–"ये हमारी कम्पनी के स्टाकिस्टों की चिट्ठियाँ हैं। इन्होंने जो भी माल मँगाया है जल्द से जल्द सप्लाई कर दिया जाए।"

"जी ठीक है।"मिस्टर मिंटो ने कहा और ट्रे में रखी चिट्ठियाँ उठाकर बाहर हाल में चले गए जहाँ लगभग एक दर्जन क्लर्क काम कर रहे थे।

शान्ता की टेबुल पर एक रंगीन लिफाफा पड़ा रह गया था। मिस्टर मिंटो के जाने के बाद उसने वह लिफाफा उठाकर खोला तो खुशबू की एक

लहर उसकी साँसों के साथ अन्दर समाती चली गई।

लिफाफे में रखे गुलाबी कागज को खोलकर शान्ता पढ़ने लगी :

''मेरे अशोक !

पिछले एक हफ्ते से मैं शिमला में बैठी तुम्हारा इन्तजार कर रही हूँ लेकिन तुम नहीं आए। आज तुम्हारा पत्र मिला है। तुमने लिखा है कि तुम शिमला नहीं आ सकोगे क्योंकि तुम्हारी अम्मा तुम्हें शिमला जाने की इजाजत नहीं दे रहीं। इसका मतलब तो यही है कि अगर अम्मा ने इजाजत नहीं दी तो तुम मेरे साथ शादी भी नहीं करोगे।

मैं तुम्हारा शिमला न आना तो बर्दाश्त कर लूँगी लेकिन तुमसे बिछुड़ना बर्दाश्त नहीं कर पाऊँगी। अम्मा से खुले शब्दों में शादी के बारे में पूछकर लिखो। अगर अम्मा ने हाँ कर दी तो मैं तुम्हारा इन्तजार करूँगी। वरना चायना ब्रिज से किसी खड्ड में छलाँग लगाकर इस जिन्दगी को खत्म कर दूँगी। मैं तुम्हारे बिना जिन्दा नहीं रह सकती अशोक। तुम्हारी चिट्ठी मिलने में देर हो सकती है इसलिए आज रात को दस-ग्यारह बजे मुझे टेलीफोन करके अम्मा का फैसला सुना देना।

तुम्हारी
किरण

❒

शान्ता ने दो-तीन बार किरण की चिट्ठी पढ़ी और फिर लिफाफे में रखकर लिफाफे को गोंद लगाकर चिपका दिया।

मुन्ना यानी अशोक की परीक्षा समाप्त हो गई थी। इसलिए शान्ता ने उससे कहा था कि वह आफिस में आकर कामकाज देखना शुरू करे। इसके बदले में उसे हर महीने पाँच हजार रुपए मिला करेंगे और उसका खाली समय भी आसानी से बीत जाया करेगा।

अशोक ने अम्मा की बात मान ली थी और कम्पनी के अन्य कर्मचारियों की तरह ठीक समय पर आफिस आने लगा था। उसने बी.काम. तक शिक्षा प्राप्त की थी इसलिए मिस्टर मिंटो ने उसे एकाउंट

सेक्शन का इंचार्ज बना दिया था।

जब शान्ता ने देखा कि लिफाफे में लगा गोंद सूख गया है तो उसने घंटी का बटन दबा दिया।

"यस मैडम !" चपरासी घंटी की आवाज सुनते ही केबिन में आ गया।

"यह लिफाफा अशोक साहब को दे दो !" शान्ता ने लिफाफा उठाकर चपरासी को दे दिया और फिर फाइल उठाकर देखने लगी।

❐

"अम्मा मुझे कुछ रुपए दे दो। मैं शिमला जा रहा हूँ। वहाँ मेरा एक दोस्त सख्त बीमार है !" अशोक ने माँ के पास पहुँचकर चिन्ता और उदासी-भरी आवाज में कहा।

"शिमला में तुम्हारा कोई दोस्त रहता है यह बात तुमने आज तक कभी नहीं बताई !" शान्ता ने हैरानी जाहिर करते हुए कहा, "खैर, आज तो कई जरूरी पेमेंट करने हैं—मजदूरों को मजदूरी भी देनी है। कल रात की ट्रेन से चले जाना।"

"नहीं अम्मा, उसकी कंडीशन बहुत ही सीरियस है। कहीं ऐसा न हो कि मेरे पहुँचने से पहले ही...!" अशोक कहते-कहते रुक गया।

"अशुभ की कल्पना करना पाप होता है बेटे, मैं विश्वास के साथ कह सकती हूँ कि तुम्हारे दोस्त को कुछ नहीं होगा।" शान्ता ने मुस्कुराते हुए कहा।

"यह आप कैसे कह सकती हैं ?"

"अगर तुम आज रात को दस-ग्यारह बजे के बीच उसे फोन कर लोगे तो उसे कुछ नहीं होगा।"

"वह इतना बीमार है कि फोन पर बात नहीं कर सकता।"

"तुम्हें फोन पर उससे ज्यादा बात करने की जरूरत ही नहीं है। जो भी फोन अटेंड करे, उससे कहना कि वह फोन तुम्हारे दोस्त को दे दे। और जब तुम्हें यह यकीन हो जाए कि फोन तुम्हारे दोस्त के कान के पास लगा

हुआ है तो तुम बस एक ही शब्द कहना—हाँ !'' शान्ता ने कहा और फिर जोर से हँस पड़ी।

अशोक बड़े गौर से अपनी अम्मा की एक-एक बात, एक-एक हरकत को स्टडी कर रहा था। जब उन्होंने कहा कि वह रात को दस-ग्यारह बजे के बीच फोन करके सिर्फ हाँ कह दे तो उसके दोस्त को कुछ भी नहीं होगा, अशोक का माथा ठनक उठा। कुछ देर वह माँ को देखता रहा जिनकी आँखों में एक रहस्यपूर्ण मुस्कुराहट नाच रही थी। अशोक ने अपनी माँ के चेहरे पर ऐसी मुस्कुराहट कभी नहीं देखी थी।

''ओह...!'' कुछ देर बाद अशोक के मुँह से निकला, ''मैं भी कितना बेवकूफ हूँ।''

''क्या !'' शान्ता ने।

''कुछ नहीं अम्मा,'' अशोक उठते हुए बोला, ''मैं रात को दस-ग्यारह बजे के बीच उसे फोन कर लूँगा। तुम ठीक कह रही हो अम्मा। मेरे हाँ कहते ही उसकी बीमारी कोसों दूर भाग जाएगी।''

अशोक केबिन के दरवाजे पर पहुँचा ही था कि शान्ता ने पुकारा, ''अशोक, एक मिनट ठहरो।''

अशोक पलटकर माँ को देखने लगा।

''यह किरण कौन है ?''

''किरण...कौन किरण...? मैं किसी किरण को नहीं जानता !'' अशोक ने जल्दी-जल्दी कहा।

''अम्मा, मैं बताती हूँ किरण कौन है !'' मुन्नी ने दरवाजा खोलकर अन्दर आते हुए कहा।

''तू जानती है किरण को !'' शान्ता ने हैरानी से पूछा।

''भला अपने भैया की सबसे ज्यादा गहरी दोस्त को मैं नहीं जानूँगी तो और कौन जानेगा !'' मुन्नी ने हँसते हुए कहा, ''अम्मा, भैया के कालेज में उससे ज्यादा सुन्दर, पढ़ाई में सबसे ज्यादा तेज और दूसरी कोई लड़की नहीं है। मुझे बेहद पसन्द है किरण। तुम देखोगी तो तुम भी मेरी बात का समर्थन करोगी। इतनी धनी-मानी परिवार की लड़की होते हुए भी उसमें रत्ती-भर भी घमंड नहीं है अम्मा !''

"अशोक, तुम इसी समय शिमला में किरण को फोन करो कि वह फौरन दिल्ली चली आए। अपनी होनेवाली बहू को मैं देखना चाहती हूँ।" शान्ता ने कहा, "वैसे उससे कह देना कि बिना देखे ही मैंने उसे अपने घर की लक्ष्मी मान लिया है।"

खुशी के मारे अशोक के मुँह से एक शब्द भी नहीं निकला। वह तेजी से पलटा और अपने केबिन में चला गया।

"आशा है जल्दी ही अशोक की जिम्मेदारी से मुक्त हो जाऊँगी। और वैसे तो बेटे की शादी कोई बड़ी जिम्मेदारी नहीं होती। असली जिम्मेदारी तो अब तुम्हारी है मुन्नी !" शान्ता बोली, "जमाना बहुत बदल गया है। माँ-बाप की पसन्द को लड़के-लड़कियाँ एक जबर्दस्ती थोपा हुआ फैसला मानते हैं। इसलिए मैंने तेरे बताने पर उसी लड़की को मंजूर कर लिया जो उसे पसन्द है। तुम भी मुझे साफ-साफ बता देना। अगर तुमने भी कोई लड़का पसन्द कर लिया हो तो मैं तुम्हारी शादी उसी के साथ कर दूँगी। लेकिन मुन्नी जो भी फैसला करो सोच-समझकर जाँच-परखकर करना। लड़का अच्छे घराने का और चरित्रवान होना चाहिए।"

"मैं आपकी बात याद रखूँगी अम्मा !" मुन्नी ने कहा और अपना पर्स उठाकर चली गई।

❐

मुन्नी ने किरण की झूठी प्रशंसा नहीं की थी। किरण सम्पन्न परिवार की पढ़ी-लिखी लड़की थी। सचमुच उसे अपने पिता की धन-सम्पन्नता और अपने रूप सौन्दर्य का रत्ती-भर भी घमंड नहीं था। आमतौर पर धनी परिवारों की लड़कियाँ चौके-चूल्हे से दूर रहती हैं लेकिन किरण सभी घरेलू कार्यों में दक्ष थी। खाना बनाना, सीना-पिरोना, बुनना-काढ़ना सभी कुछ आता था। वास्तव में शान्ता को ऐसी ही बहू की आवश्यकता थी जो घर को सँभाल ले और घर की तमाम जिम्मेदारियों से उसे मुक्त कर दे ताकि वह पूरा समय कारोबार में लगा सके।

❐

शादी की खुशी में मुन्नी ने अपने घर पर ही एक पार्टी का आयोजन किया। हालाँकि इस पार्टी के सम्बन्ध में उसने पहली बार शान्ता से सलाह-मशवरा करना तो दूर उन्हें सूचना तक नहीं दी थी।

शाम को जब शान्ता आफिस से घर लौटी तो घर में नौजवान लड़के-लड़कियों की भीड़ देखकर उसने मुन्नी से पूछा कि ये इतने सारे नौजवान लड़के-लड़कियाँ आज क्यों इकट्ठे हुए हैं।

''अम्मा, भैया की शादी की खुशी में मैंने अपने 'यंग क्लब' के मेम्बरों को पार्टी दी है। काफी आ गए हैं और जो चार-छह रह गए हैं वे भी सात बजे तक आ जाएँगे !'' मुन्नी ने बड़े उछाह भरे अन्दाज में बताया।

''लेकिन मुन्नी कम से कम यह बात मुझे बता तो देनी थी !'' शान्ता ने हल्की-सी अप्रसन्नता के साथ कहा।

''इसमें बतानेवाली बात ही क्या थी अम्मा !'' मुन्नी बोली, ''क्योंकि यह पार्टी मेरी उम्र के लड़के-लड़कियों की थी इसलिए मैंने आपको नहीं बताया।''

❒

ठीक आठ बजे पार्टी बड़े हंगामे के साथ शुरू हुई। मुन्नी के कुछ साथियों ने किरण और अशोक को शादी की बधाई दी। कुछ ने उपहार भी दिए।

किरण अशोक के साथ एक सोफे पर जा बैठी। डांस शुरू हो गया। मुन्नी भी एक नौजवान के साथ डांस करने लगी।

अचानक जैसे ही वह नौजवान मुन्नी को अपने बाजुओं में थामे डांस करते हुए किरण के सामने से गुजरा तो उसे देखते ही किरण चौंक पड़ी। वह इस नौजवान को बहुत अच्छी तरह जानती थी। धनी परिवार की लड़कियों को शादी के सपने दिखाकर उनके पैसे पर ऐश करना ही इस नौजवान का पेशा था। उसने किरण को भी अपने जाल में फँसाने की बहुत कोशिश की थी लेकिन किरण पहली मुलाकात में ही उसकी असलियत भाँप गई थी, इसलिए उसने जीत नामक इस नौजवान को बुरी तरह

फटकार कर अपने कमरे से निकलवा दिया था। मुन्नी के साथ उसी जीत को डांस करते देख किरण समझ गई कि इस बार जीत ने अपना शिकार मुन्नी को बनाया है !

डांस का एक राउंड खत्म हुआ ही था कि जीत ने दूसरे राउंड के लिए किरण से रिक्वेस्ट की कि वह उसकी पार्टनर बने। लेकिन किरण ने कड़ी बेरुखी से उसकी रिक्वेस्ट ठुकरा दी।

जब पार्टी खत्म हुई तो किरण ने मुन्नी से कहा, "मेरा खयाल है कि शायद तुमने जीत के साथ शादी करने का फैसला किया है ?"

"हाँ, भाभी, जीत बहुत ही ब्रिलियंट और स्मार्ट स्टूडेंट है हमारे कालेज का। हैंडसम तो है ही। और एक बहुत बड़े, धनी-सम्पन्न बाप का इकलौता बेटा है !" मुन्नी ने बड़े गर्व से बताया।

"मुन्नी, तुम ना-तजुर्बेकार हो। हर चमकदार चीज सोना नहीं होती। मैं जीत को अच्छी तरह जानती हूँ। इतना ब्रिलियंट स्टूडेंट है कि आज तक उसने कोई भी क्लास दो या तीन साल से पहले पास नहीं की। बाप धनी-सम्पन्न है लेकिन शहर के गिने-चुने स्मगलरों में से एक है जो इस समय जेल में है। जीत का काम है धनी परिवार की लड़कियों को फाँसकर उनके पैसे पर ऐश करना। जीत का खयाल अपने दिल से निकाल दो मुन्नी !" किरण ने समझाने की कोशिश की।

"आपको गलतफहमी हुई है भाभी। आप जिस जीत के बारे में जिक्र कर रही हैं, वह कोई दूसरा जीत होगा।" मुन्नी ने कहा।

"मेरी बात पर यकीन नहीं है...तो तुम्हारा वह नेकलेस कहाँ गया जो तुम अभी पहने हुए थीं ?"

मुन्नी ने जल्दी से अपनी गर्दन पर हाथ फेरा। नेकलेस सचमुच गले में नहीं था।

मुन्नी गहरे सोच में पड़ गई। कुछ देर वह सोच में डूबी बैठी रही और फिर अपनी कार में बैठकर जीत की कोठी की ओर चल दी।

❒

''आओ मुन्नी, मैं अभी-अभी तुम्हारे बारे में ही सोच रहा था।'' जीत ने मुस्कुराते हुए मुन्नी का स्वागत किया।

''जीत, डांस के समय मेरे गले में तुमने नेकलेस देखा था !'' मुन्नी ने परेशानी-भरी आवाज में पूछा।

''क्यों, क्या तुम्हारी चीज पर मेरा कोई अधिकार नहीं है ?'' जीत ने अकड़कर पूछा। डांस करते समय उसका हुक खुलकर मेरे हाथ में आ गया था। प्रोग्राम डिस्टर्ब न हो इसलिए मैंने अपनी जेब में रख लिया था। वो...वो...आते समय तुम्हें बताना भूल गया।''

''मैं तो डर रही थी कि किसी दूसरे के हाथ न लग जाए...'' मुन्नी ने इत्मीनान की साँस ली।

''मैंने सेफ में रख दिया है। सुबह निकालकर तुम्हारे घर पहुँचा दूँगा !'' जीत ने बड़े सपाट लहजे में कहा, ''लगता है तुम्हारी भाभी किरण ने तुम्हें मेरे बारे में बहका दिया है। जानती हो क्यों ?''

''क्यों ?''

''इसलिए कि मैंने उसके साथ शादी करने से इनकार कर दिया था। क्योंकि जीत जिससे जो वायदा कर लेता है उसे अपनी जान देकर भी निभाता है। मैंने तुमसे वायदा कर लिया था इसलिए मैं शादी तुम्हारे साथ ही करूँगा।''

''ओह ! जीत !'' मुन्नी भावुक हो उठी।

जीत ने बाँहें फैलाकर मुन्नी को अपने आगोश में समेट लिया।

❑

पार्टी के अगले दिन किरण ने बिना कुछ छिपाए शान्ता को जीत के बारे में सब कुछ बता दिया। और उसे चेतावनी दे डाली कि अगर मुन्नी को जीत से मिलने-जुलने से रोका नहीं गया तो परिवार की बड़ी बदनामी होगी।

शान्ता गहरे सोच में पड़ गई। काफी सोच-विचार करने के बाद अशोक और किरण की समझ में एक ही उचित उपाय आया कि मुन्नी

के ही किसी दूसरे दोस्त के साथ जल्दी से जल्दी उसकी शादी कर दी जाए। वे तीनों उसी दिन से मुन्नी के दूसरे दोस्तों पर नज़र दौड़ाने लगे।

एक सप्ताह के अन्दर-अन्दर ही मुन्नी की शादी उसके एक नजदीकी दोस्त और शहर के एक सम्भ्रान्त परिवार के युवक के साथ तय कर दी गई। जिसके बारे में वह सीधे-सीधे मना नहीं कर पाई।

मुन्नी को अपनी माँ, भाई और भाभी की इन कोशिशों का पता उस दिन चला जब बारात आने में एक ही दिन बाकी रह गया। वह बुरी तरह परेशान हो उठी। उस पर घर भर की नजरें लगी हुई थीं। वह घर से बाहर कदम नहीं रख सकती थी। और जीत से फोन पर ही बातचीत कर सकती थी।

शान्ता और किरण ने तय किया था कि शादी की तमाम रस्में एक ही दिन में निपटा दी जाएँ। शादीवाले दिन ही मुन्नी पर हल्दी चढ़ाई गई। उसके हाथों में मेहँदी रचाई गई और शाम होते ही उसे शादी का जोड़ा पहना दिया गया।

मुन्नी बड़ी खामोशी से माँ और भाभी के निर्देशों का पालन करती रही। घर से निकल भागने के सारे रास्ते बन्द थे। मेहमान औरतें रात-दिन उसे घेरे रहती थीं।

शाम को बारात आई तो मुन्नी के कमरे में बैठी लड़कियाँ और औरतें भागकर बारात देखने चली गईं। कमरे में मुन्नी अकेली रह गई।

घर के सभी लोग और मेहमान बारात के स्वागत-सत्कार के लिए बँगले के लॉन में बने पांडाल में एकत्र थे, मुन्नी ने उठकर कमरे की पिछली खिड़की खोली। पिछवाड़े रात का अँधेरा छाया हुआ था, साथ ही उस ओर किसी के होने की सम्भावना भी नहीं थी।

मुन्नी ने जल्दी-जल्दी अपनी अम्मा के नाम एक चिट्ठी लिखी और उसे एक मेज पर रखकर खिड़की से कूद गई। और फिर दबे पाँव बँगले की बाउंड्रीवाल फलाँगकर सड़क पर पहुँच गई। मुन्नी के फरार होने की भनक तक किसी को नहीं लगी।

लेकिन जब दरवाज़े पर वर को गले में माला पहनाने के लिए मुन्नी

को लेने किरण उसके कमरे में पहुँची तो मुन्नी गायब थी। किरण ने खुली हुई खिड़की से झाँककर देखा। बाहर दूर तक अँधेरा और सन्नाटा छाया हुआ था।

अचानक उसकी नजर मेज पर रखे कागज पर पड़ गई। उसने झपटकर वह कागज उठा लिया। और जल्दी-जल्दी पढ़ने लगी।

मुन्नी ने लिखा था :

''अम्मा !

मैं जीत की हो चुकी हूँ। जीत ही मेरे पति हैं, भारतीय परम्परा के अनुसार हिन्दू लड़की की शादी एक ही बार होती है। मैं जीत को अपने पति के रूप में स्वीकार कर चुकी हूँ और जीत भी मुझे अपनी पत्नी के रूप में स्वीकार कर चुके हैं। शादी से पहले ही हम दोनों प्रणय बन्धन में बँध चुके हैं। इसलिए जीत को छोड़कर किसी दूसरे से विवाह करना पाप ही नहीं, अपराध भी होगा। घर-परिवार के सम्मान के लिए मैं अपना बलिदान नहीं दे सकती। इसलिए मैं अपने पति जीत के घर जा रही हूँ। मुझे इधर-उधर खोजने की कोशिश मत कीजिएगा और न जीत के खिलाफ कोई कानूनी कदम ही उठाइएगा। क्योंकि एक सप्ताह पहले ही हम दोनों कोर्ट में शादी कर चुके हैं।

आपकी

मुन्नी।

मुन्नी की चिट्ठी पढ़कर किरण सन्नाटे में खड़ी रह गई। आखिर वही हुआ जिसका उसे डर था।

''हे भगवान, इस छोकरी ने अम्मा की उन तमाम इच्छाओं, मेहनतों ओर कोशिशों पर झाड़ू फेर दी जिसके लिए खून-पसीना बहाकर उन्होंने अभावों से जूझते, सम्मान की भीख माँगते परिवार को मान-सम्मान और सम्पन्नता की चोटी पर लाकर खड़ा कर दिया था। बारात वापस चली जाएगी और उसके साथ ही इस परिवार की इज्जत भी धूल में मिल जाएगी। हाथ में मुन्नी की चिट्ठी लिये किरण सोच रही थी।

किरण और मुन्नी को देर होते देख शान्ता खुद दौड़ती हुई उस कमरे

में पहुँच गई।

"बहू..." शान्ता के मुँह से बस यही दो शब्द निकले कि किरण ने मुन्नी की चिट्ठी उनके हाथ में थमा दी।

मुन्नी की चिट्ठी पढ़ते ही शान्ता की आँखों के आगे अँधेरा छा गया। टाँगें लड़खड़ा उठीं। किरण ने बढ़कर सास को सँभाला और एक कुर्सी पर बैठा दिया।

शान्ता अपने आपको सँभालने की कोशिश करने लगी। उसने इससे भी बड़े-बड़े आघात सहे थे। पति की हत्या, जबर्दस्ती सती होने पर विवश करना, नवीन की फाँसी, बूढ़े और अन्धे बाबूजी का मजदूरी करना जैसे अनेक भीषण आघातों को उसने झेला था। गरीबी और अभावों से निरन्तर लड़ते हुए घर को इस ऊँचाई तक पहुँचाया था।

वह सोच रही थी—मुन्नी चली गई। यह उसके दिल पर ही नहीं, घर परिवार के सम्मान पर सबसे गहरी चोट है। लेकिन इस चोट को सहना ही पड़ेगा। अगर इस समय मैंने साहस छोड़ दिया तो दुश्मनों को हँसने का मौका मिल जाएगा। परिवार की मान-मर्यादा धूल में मिल जाएगी। मुझे ही मुन्नी के इस पाप का प्रायश्चित करना पड़ेगा—इस भूल का उचित प्रतिकार करना पड़ेगा। अगर मैंने मुन्नी को अपने विश्वास में लिया होता तो यह नौबत न आती, शान्ता ने किरण से कहा और फिर मुन्नी की चिट्ठी लिये बाहर चली गई।

❒

दरवाजे पर आई बारात तो वापस चली गई। शान्ता ने बड़े साहस और धीरज से इस आघात को सह लिया। लेकिन इससे भी जबर्दस्त आघात उसे तब लगा जब मुन्नी जीत को लेकर घर आई।

"जीत और मुन्नी को रहते हुए लगभग एक महीना बीत चला है लेकिन मुन्नी अपनी ससुराल जाने का नाम नहीं ले रही," शान्ता ने किरण से कहा, "मुन्नी ने ससुराल जाने के बारे में तुमसे कोई बातचीत की है ?"

''नहीं अम्मा जी, मुझसे तो अभी तक मुन्नी की कोई बात नहीं हुई। क्यों न उनसे बुलाकर साफ-साफ पूछ लिया जाए कि वह अपनी ससुराल कब जा रही है !'' किरण ने सुझाव पेश किया।

''ठीक है। मुन्नी को बुला लाओ।'' शान्ता ने कहा।

लेकिन मुन्नी को बुलाने के लिए किरण को जाने की जरूरत नहीं पड़ी। मुन्नी खुद ही अम्मा के कमरे में पहुँच गई। जीत भी उसके साथ था।

''मुन्नी, तुम अपनी ससुराल कब जा रही हो ?'' शान्ता ने सीधा सवाल किया।

''अम्मा, जीत ने अपने माता-पिता की मर्जी के खिलाफ मेरे साथ कोर्ट मैरिज की थी, इसलिए उन्होंने अपने घर के दरवाजे हमारे लिए बन्द कर दिए हैं। जीत कहीं काम-धन्धा भी नहीं कर रहे जो किराए के मकान में जाकर रहें। अब तो बस यही घर रह गया है जहाँ हम लोग रह सकते हैं।'' मुन्नी ने बिना किसी झिझक के उत्तर दिया, ''आप के आफिस में इतने लोग काम कर रहे हैं। उन्हीं में जीत को भी शामिल कर लीजिए।''

''नहीं, मुन्नी और शान्ताजी ! मैं इतने बड़े व्यापारी घराने का बेटा होकर यह अचार-मुरब्बे का घटिया धन्धा नहीं कर सकता !'' जीत ने सिगरेट को जूते की एड़ी से मसलते हुए कहा, ''आप यह बड़ी हवेली मुझे दे दीजिए। मैं इसमें फाइव-स्टार होटल बनाऊँगा। आज के जमाने में होटल व्यवसाय से ज्यादा मुनाफे का और कोई व्यवसाय नहीं है।''

शान्ता एक पल जीत के चेहरे को पढ़ने की कोशिश करती रही फिर बोली, ''लेकिन फाइव स्टार होटल दस-बीस हजार या लाख-दो लाख में तो बनने से रहा। उसके लिए तो कई करोड़ रुपए की जरूरत पड़ेगी। तुम्हारे पास है इतना रुपया ?''

''होटल एस्टेबलिश करने के लिए तो रुपया आपको देना पड़ेगा !'' जीत ने बड़ी बेशर्मी से कहा।

''मुझे ?''

''हाँ, आपको। आपके पास रुपयों की कोई कमी नहीं है,'' जीत ने

कहा, "और फिर आज के कानून के मुताबिक आपकी सम्पत्ति और जमीन-जायदाद पर मुन्नी का भी उतना ही हक है जितना अशोक का है।"

शान्ता फटी-फटी आँखों से जीत और मुन्नी को देखती रही। वह इनकार करके घर में कलह को जन्म नहीं देना चाहती थी। इसलिए धीरे से बोली, "तुम्हारे सुझाव पर मैं विचार करूँगी।"

और फिर उठकर बाहर खड़ी कार में जा बैठी।

"कहाँ चलूँ अम्मा ?" ड्राइवर ने अपनी कलाई घड़ी पर नजर डाली। अभी शान्ता के आफिस जाने में दो घंटे की देर थी।

"वकील साहब के घर चलो !" शान्ता ने अपनी ऐनक के शीशे साड़ी के आँचल से पोंछते हुए कहा।

ड्राइवर ने कार स्टार्ट की और गाड़ी वकील सलीम के घर की ओर चल पड़ी।

❐

सलीम एक्सरे देख रहा था। कई दिन से उसके पेट में अचानक दर्द महसूस हो रहा था। डॉक्टर का खयाल था कि शायद अल्सर हो गया है। लेकिन हकीकत में मर्ज क्या है यह तो डॉक्टरी तहकीकात कराने पर ही पता चला।

वह रिपोर्ट कह रही थी कि उसका अल्सर कैंसर्स है।

अचानक कार रुकने की आवाज सुनकर उसने जल्दी से रिपोर्ट लिफाफे में डालकर मेज पर रख दी, और उठकर ऑफिस में जाने की कोशिश करने लगा।

लेकिन शान्ता सीधी उसके बेडरूम में घुसी चली गई। उसे देखते ही सलीम पहले तो चौंक पड़ा। फिर मुस्कुराते हुए बोला, "आओ शान्ता, आज इतने बरसों के बाद सलीम की कैसे याद आ गई !"

"सलीम, आज एक बात साफ-साफ तुम्हें बता देना चाहती हूँ," शान्ता ने पलंग के पास पड़ी एक कुर्सी पर बैठते हुए कहा, "हर शख्स

चाहे वह मर्द हो या औरत...अपनी जिन्दगी में सिर्फ एक ही बार किसी को प्यार करता है। यह दूसरी बात है कि वे एक दूसरे से शादी कर पाएँ या न कर पाएँ। लेकिन उनके दिल में फूटी प्यार की कोंपल एक शानदार दरख्त बनकर हमेशा उन्हें ऐसा साया देती रहती है जो उन्हें राहत और सुकून देता रहता है। वह ठंडी छाँह एक दूसरे से दूर होने या बिछुड़ जाने का अहसास पैदा नहीं होने देती—वैसे यह सब कहने का कोई अर्थ नहीं है, पर आज मैंने यह बात कहकर अपना मन हल्का कर लिया..."

शान्ता की इस बात को सुनते ही सलीम की आँखें छलछला उठीं। वह खुद भी तो शान्ता को कहाँ भूल पाया था ! दुनिया की नजरों में वे एक दूसरे से दूर-दूर थे लेकिन सलीम भी तो शान्ता की ही तरह उसे हर वक्त अपने करीब महसूस करता रहा था। शान्ता की बात में एक ठोस हकीकत थी, जिसे सलीम आज पहली बार गहराई से जान पाया था।

उसने गर्दन घुमाकर बड़ी सफाई से अपने मचलते आँसू पी लिये और फिर मुड़कर बोला, "खैर, इस वक्त तुम्हारा आना कैसे हुआ ? तुम्हारे चेहरे से ऐसा लग रहा है कि तुम इस वक्त किसी गहरी उलझन में मुब्तिला हो।"

"हाँ सलीम, आज पहली बार मुझे ऐसा लग रहा है कि मैंने खून-पसीना एक करके सपनों का जो महल खड़ा किया था उसकी बुनियाद हिल उठी है। और आज नहीं तो कल यह महल भरभरा कर जमीन पर जा गिरेगा और फिर इसका नामो-निशान मिट जाएगा..." शान्ता ने बड़ी संजीदगी से कहा।

"लेकिन तुम ऐसा किस आधार पर कह रही हो ?"

"तुम्हें तो मुन्नी और जीत के बारे में सब कुछ मालूम है ही। जीत निहायत स्वार्थी, धन का भूखा और लालची शख्स है। अपना घर छोड़कर हमारे घर में डेरा डाले पड़ा है। आज उसने मुझे धमकी दे डाली कि मुन्नी मेरी सारी सम्पत्ति में आधे की हकदार है, वह उसे मिलनी चाहिए। वह बड़ी हवेली लेकर उसे फाइव स्टार होटल बनाना चाहता है," शान्ता ने बताया, "और तुम्हें यह भी मालूम है कि उस हवेली में रहनेवाले आजकल बनारस में रह रहे हैं। बाबूजी के भाई और भाभी का देहान्त हो चुका है। मुझे कल

ही पता चला है कि उनके परिवार के बच्चे जिस घर में रह रहे थे, मकान मालिक ने किराया न मिलने पर उन्हें घर से निकाल दिया है और अब वे धर्मशालाओं में पड़े हैं। क्योंकि धर्मशालावाले चार-छह दिन से ज्यादा किसी को धर्मशाला में रहने नहीं देते, इसलिए उन्हें आए दिन नई धर्मशाला में सिर छिपाना पड़ता है।''

''लेकिन उनके तो बच्चे थे ही नहीं। फिर ?''

''बनारस जाने के बाद हवेलीवाली ने दो जुड़वाँ बच्चों को गोद ले लिया था। एक बेटा और एक बेटी। अब तो उनकी उम्र पन्द्रह-सोलह साल की हो गई। बेचारा चौरंगी, जिसे दुनिया गुंडा समझती थी मेहनत-मजदूरी करके उन्हें पाल रहा है। इसलिए मैंने तय कर लिया है कि उन्हें यहाँ बुला लूँगी और हवेली का एक हिस्सा उन्हें रहने के लिए दे दूँगी।''

''ओह शान्ता, सचमुच तुम महान हो, तुम्हारा दिल समन्दर से भी ज्यादा विस्तृत और गहरा है। जिस औरत ने तुम्हारा सुहाग छीना, उसी के बच्चों पर इतनी ममता, इतना प्यार...'' कहते-कहते सलीम का गला भर आया। आँखें डबडबा उठीं। उसका जी चाहा कि शान्ता के पैरों पर अपना सिर रख दे।

''जमाने की ठोकरों ने ही मुझे यह सब सिखाया है सलीम भाई...खैर, तुम आज मेरी वसीयत लिख दो।''

''अभी से ?''

''हाँ, सलीम भाई, जब घर में साँप बिल बनाकर बस जाए तो सावधानी जरूरी हो जाती है।''

''ठीक है।'' सलीम ने मेज पर पड़ा पैड और कलम उठा लिया।

शान्ता उसे विस्तार से अपनी जमीन-जायदाद और सम्पत्ति के बारे में बताने लगी।

सलीम उसका वसीयतनामा तैयार करने लगा।

❑

कोर्ट में वसीयतनामे की रजिस्ट्री में कई घंटे लग गए ? शान्ता सलीम के साथ घर लौटी तो सब लोग डाइनिंग टेबल पर बैठे खाना खा रहे थे।

"अम्मा, आप कहाँ चली गई थीं ?" अशोक ने पूछा, "जब आप ऑफिस नहीं पहुँचीं तो मैं आपको देखने यहाँ चला आया। आपकी तबीयत तो ठीक है न !"

"मेरी तबीयत अब तक तो ठीक नहीं थी—मतलब आज सुबह तक ठीक नहीं थी लेकिन सुबह एक डॉक्टर ने ऐसा नुस्खा दे दिया कि मैं एकदम चुस्त-दुरुस्त हो गई।" शान्ता ने मुस्कुराते हुए कहा, "दरअसल अशोक बेटे, मेरे खयाल से लोग तभी बीमार पड़ते हैं जब वे खुद से असावधान हो जाते हैं !" शान्ता ने नेपकिन उठाते हुए कहा।

"मैं समझी नहीं अम्माजी !" किरण ने हैरान होकर कहा।

"हैरान होने की कोई जरूरत नहीं है बहूरानी। मैं अपना वसीयतनामा लिखवाने गई थी। उसकी रजिस्ट्री कराने में कोर्ट में इतनी देर हो गई !"

"आपने अपना वसीयतनामा लिखवा दिया ? वैरीगुड !" जीत खुश होकर बोला, "मैंने तो सुबह ही कह दिया था कि आप अपनी तमाम जमीन-जायदाद और रुपया-पैसा मुन्नी और अशोक में आधा-आधा बाँट दीजिए। अब मैं बड़ी हवेली में शानदार फाइव स्टार होटल खोल सकूँगा।"

"वकील साहब, अच्छा होगा कि आप मेरा वसीयतनामा इन लोगों को पढ़कर सुना दें," शान्ता ने साथ आए सलीम से कहा।

सलीम ने हाथ की चम्मच प्लेट में रख दी और अपने ब्रीफकेस से वसीयतनामा निकालकर सुनाने लगा।

"पूरे वसीयतनामे को सुनाने में तो बहुत वक्त लग जाएगा। खाना भी ठंडा हो जाएगा इसलिए मैं वसीयतनामे के खास-खास प्वाइंट सुनाए देता हूँ।" सलीम ने कहा।

"हाँ-हाँ, वही बताइए। पूरा वसीयतनामा सुनने में हमारी कतई दिलचस्पी नहीं है।" मुन्नी जल्दी से बोल उठी।

"तो फिर सुनिए।" सलीम ने वसीयतनामे की एक कापी निकालकर

डाइनिंग टेबल पर अपने सामने फैला ली—और पढ़कर सुनाने लगा, ''मैं शान्ता देवी अपने ससुर की तमाम जमीन-जायदाद की अकेली कानूनी वारिस हूँ। इस पर मेरे सिवा और किसी का कोई अधिकार नहीं है। इसके अलावा अचार-मुरब्बे के कारोबार की भी मैं ही अकेली मालिक हूँ। इसलिए मैं अपने होश-हवास में यह वसीयतनामा लिखवा रही हूँ जिसके अनुसार अचार-मुरब्बे का कारखाना, आफिस और सारा कारोबार मेरे बेटे अशोक को मिलेगा। क्योंकि मेरे दामाद जीत को इस कारोबार से सख्त नफरत है और उन्होंने इसमें हिस्सेदार बनने से साफ इनकार कर दिया है।''

''जी हाँ, मुझे इस धन्धे से सख्त नफरत है। मैं इतने बड़े व्यापारी का बेटा होकर अचार बेचनेवाला कहलाना पसन्द नहीं करूँगा !'' जीत ने बड़े घमंड के साथ ऐलान किया।

''लेकिन मेरी जमीन-जायदाद और कारोबार से होनेवाली आमदनी से हर महीने पचास हजार रुपए मेरी बेटी मुन्नी को मिलते रहेंगे।''

''वाह अम्मा वाह, पचास हजार में मेरा जेब खर्च आसानी से चल जाया करेगा।'' मुन्नी खुश होकर बोली।

''लेकिन मुन्नी को ये रुपए एक शर्त पर ही मिला करेंगे।'' सलीम ने पढ़कर कहा।

''शर्त ? कैसी शर्त ?'' जीत ने पूछा।

''शर्त यह है कि ये पचास हजार रुपए हर महीने मुन्नी को उसी सूरत में मिलेंगे जब वह अपने पति जीत के साथ अपनी ससुराल में या किसी अलग घर में जाकर रहेगी।''

''फिर इतनी बड़ी हवेली में कौन रहेगा !'' जीत भड़क उठा।

''इस बड़ी हवेली का आधा हिस्सा हवेलीवाली मुसम्मात धनमन्ती के लड़के और लड़की के नाम कर दिया जाए। वे दोनों इस आधी हवेली के मालिक होंगे !'' सलीम ने बताया, ''और आधी हवेली शहीद नवीन के स्मारक के रूप में स्थापित की जाएगी !''

''फिर मेरा फाइव स्टार होटल...!'' जीत चीख उठा।

''वह तो आपकी मर्जी पर है कि आप अपना फाइव स्टार होटल कहाँ

बनाएँगे !'' शान्ता ने उत्तर दिया।

सलीम वसीयतनामा ब्रीफकेस में रखने लगा तो जीत ने उसे छीनने के लिए झपट्टा मारा। लेकिन शान्ता ने उसे बीच में ही रोक दिया, ''मिस्टर जीत, इसे छीनने से कोई फायदा नहीं। इसकी रजिस्ट्री हो चुकी है। इसकी एक कापी कोर्ट में जमा करा दी गई है।''

''मैं जानना चाहता हूँ कि मेरा हिस्सा कहाँ गया ?'' जीत चीखने लगा, ''मैं इस घर का दामाद हूँ। मुझे मेरा हिस्सा हर हालत में मिलना ही चाहिए।''

''मिस्टर जीत, अगर आप अपनी भलाई चाहते हैं तो चुपचाप बैठ जाइए। हमें पता चल चुका है कि आपने मुन्नी के साथ शादी करने के लिए कितनी बड़ी जालसाजी की है। आपने गवाही में अपने दोस्त पंकज और उसकी बहन को अशोक और किरण की हैसियत से मजिस्ट्रेट के सामने पेश करके इनके जाली दस्तखत कराए हैं। हम पंकज और उनकी बहन प्रभा के बयान लिखित रूप में ले चुके हैं। अगर आप इसी वक्त मुन्नी को लेकर यहाँ से नहीं गए तो शाम होने तक आप दोनों हवालात में पहुँच जाएँगे !'' सलीम ने पंकज और प्रभा के हाथ के लिखे बयान दिखाते हुए कहा, ''और मिस्टर जीत, सलीम भी कच्ची गोलियाँ नहीं खेलता। इन दोनों मसलों पर गवाह की हैसियत से पंकज और प्रभा के माता-पिता के दस्तखत मौजूद हैं।''

जीत सिर थामकर सोफे पर बैठ गया। सलीम ने बड़ी चतुराई से उसके सारे पंख काट डाले थे।

❑

सलीम ने वसीयतनामा किरण को दे दिया।

फिर उसने जैसे ही खाना शुरू किया, उसे उबकाई आने लगी। वह उठा और लड़खड़ाते हुए वाश वेसिन के पास पहुँच गया।

उसे जोर की उलटी आई और वाश वेसिन के आसपास दूर तक खून के छींटे बिखरते चले गए।

शान्ता ने झपटकर उसे थाम लिया।

''अशोक, सलीम को हास्पिटल ले चलो !'' शान्ता भर्राए गले से बोली और अपनी साड़ी के आँचल से सलीम के मुँह पर लगे खून के छींटे साफ करती हुई दूसरे कमरे में दीवान तक ले आई।

उसने अशोक और किरण के साथ मिलकर सलीम को दीवान पर लिटा लिया।

अशोक ने फेमिली डॉक्टर को फोन किया और फिर उस अस्पताल के डॉक्टर को फोन करने लगा जो सलीम के कैंसर का इलाज कर रहा था।

''सब बेकार है। अशोक बेटे,'' सलीम ने भरी-भरी-सी आवाज में कहा, ''मुझे खुशी है कि मैं अपनों के बीच इस दुनिया से विदा ले रहा हूँ।''

''नही, नहीं, ऐसा मत कहिए,'' शान्ता ने जल्दी से सलीम के काँपते होंठों पर अपनी हथेली रख दी, ''हम आपको हास्पिटल ले चलेंगे। आपका इलाज यहाँ नहीं होगा, तो बम्बई ले जाएँगे !''

''नहीं शान्ता, आज मैंने अपना इलाज खुद ही कर लिया है, कुछ दिन पहले तुमने जो कुछ कहा था वही मेरे मर्ज की आखिरी दवा थी। उसी दवा के इन्तजार में इतने वर्षों से मैं इस मर्ज से लड़ता रहा था। वह दवा मुझे मिल गई...मेरा मर्ज दूर हो गया !'' कहते-कहते सलीम को फिर उबकाई आने लगी।

सलीम ने बड़ी मुश्किल से उलटी रोकी और पास ही खड़े अशोक के बेटे राजू के सिर पर हाथ फेरते हुए बोला, ''शान्ता, मैंने अपनी तमाम चल-अचल सम्पत्ति राजू के नाम कर दी है। इस उम्मीद के साथ कि यह मेरी ही तरह वकील बनेगा। सच्चे मुकदमे लड़ेगा...गरीबों के मुकदमे बिना फीस लिये लड़ेगा...ऐसा करोगे न राजू ?''

''हाँ, मैं आपकी ही तरह वकील बनूँगा !'' राजू ने बड़े गर्व से कहा।

तभी सलीम को एक और उलटी आई और उसकी गर्दन एक ओर को लुढ़क गई।

शान्ता अवाक् रह गई, उसे चक्कर-सा आने लगा।

“अम्मा, खुद को सँभालिए...” किरण ने उसे सँभालते हुए कहा और जबर्दस्ती उठाकर सोफे पर बैठा दिया।

सोफे पर बैठी शान्ता की आँखों में भर आए आँसुओं के पार सलीम का चेहरा ठीक वैसा ही नजर आ रहा था जैसा गुड्डे-गुड़िया की शादीवाले दिन दिखाई दिया था।

●●●